張 小 嫻

AMY CHEUNG

# 愛情王國

張小嫻 散文精選

# 最幸福的一種壞

愛情是從
希望開始的

第一次遇上你
你便在我心裡燃起了
希望的火光

我對人生有了希望
我對將來
也有了希望

我渴望能夠
跟你一起……

## 1 愛情從什麼地方開始?



## 2 試用期的愛情

## 3 不想分手的理由



## 4 不要思考愛情

# 1

# 愛情
# 從什麼地方
# 開始？

# 情之所鍾

你相信一見鍾情嗎？

這個世界上，有什麼是不可能的呢？你以為你的故事不平凡，然後，有一天，你發現周遭有更多不平凡的故事，你不過是芸芸眾生其中之一。

有時候，發生在你身上的事，又偏偏比小說和電影更曲折、更複雜。大部分的小說都是虛構的；然而，虛構的故事竟然有一天會在現實人生中發生。

原來，只要有人的地方，便沒有不可能的事。

既然有一見如故，為什麼不會有一見鍾情呢？

科學一點來說，兩個人第一次見面便愛上對方，也許是費洛蒙作祟。費洛蒙又稱為第六感官，是一種人與人之間的化學對話。我們嗅到了彼此的費洛蒙，便無法抑制地想要互相接近。這種反應，超越了邏輯思維，譜出了浪漫之歌。

哲學一點來說，一見鍾情也許是叔本華說的「生命意志」吧？

叔本華認為，愛情的終極目標，不過是養育下一代，延續人類未來的生存。正是這種生命意志，你會無可救藥地愛上一個不期而遇的人，因為你認定只有他可以與你創造出最完美的下一代。

哲學畢竟有比科學不浪漫的時候。而科學縱使浪漫，也比文學遜色。作家都傾向相信一見鍾情。不為什麼，無須解釋，人生就是有許多意外。

我相信一見鍾情嗎？我想，在一見之前，已經累積了許多夢想與期待，然後某天，在茫茫人海中，我們遇上了，才會鍾情。情之所鍾，不過是圓夢。

# 遠處的一雙眼睛

我們或許都經歷過這種日子：你做一件事情，是因為你知道有一雙眼睛在看。

那雙眼睛屬於一個你在乎的人。他也許是你的親人，也許是你的戀人，也許是你仰慕和崇拜的人，也許是你暗戀的人，也許是你的舊情人。有了這雙眼睛，你無論做任何事情，首先想到的不是自己，而是這雙眼睛的主人。他會怎樣看這件事情？又會有什麼反應和評價？

因為感到他在看或者相信他會看，我們總是奮力做到最好。所有的一切，變成不是為自己做，而是為他做，渴望得到他的認同或讚許。

假使偶爾贏得一點讚美和注意的目光，我們會更加賣力。那一刻，我們恍然明白，一個人若只能為自己努力，畢竟太寂寞了。若有一個你在乎的人在看，那才不枉此生。

他真的在看嗎？譬如說你暗戀的那個人或已經不愛你的那個人。我們惟有相信他們會看見，只有這樣，生活才能夠有更大的動力。

我曾經為了一位老師的一雙眼睛而每個星期上教堂。

我也曾為了一個男人的一雙眼睛努力上進。

然後有一天，有個男人告訴我，他做的許多事情，都是因為我的一雙眼睛。他甚至忘記了自己的需要。我卻從不知道，他為了這雙眼睛而選擇了另一種人生。

那一雙在遠處輝映的眼睛，既是一種鼓勵，也是一種情結，是我們多麼想去討好卻又害怕失去的一雙眼睛。

# 愛情從什麼地方開始？

愛情是從什麼地方開始的？

是從第一眼開始的嗎？

我的眼睛遇上了你的眼睛，有說不出的好感。

是從寂寞開始的嗎？我們都寂寞，需要彼此慰藉。

是從失意開始的嗎？兩個失意的人互相扶持。

是從嘴巴開始的嗎？我喜歡聽你說話。

是從肩膀開始的嗎？我把頭擱在你的肩膀上。

是從互相討厭開始的嗎？我看你不順眼，你也看我不順眼，但是我們忽然發現了對方的優點。

是從身體開始的嗎？你喜歡我的三圍，我喜歡你的高度。

也許，以上一切都不是真正的開始。

愛情是從希望開始的。

第一次遇上你，你便在我心裡燃起了希望的火光。我對人生有了希望，我對將來也有了希望。

我渴望能夠跟你一起……

我想每天聽到你的聲音，我想依偎在你的身邊，我想和你分享我的快樂，我想和你同床共枕。這些都是我的希望。

愛情從希望開始，也由絕望結束。

死心了，就是再不存著任何我曾經對你有過的希望。

# 你朝我走來

你約了人在街上等候，當他出現，從遠處朝你走來，那一刻，你竟會覺得有點尷尬，眼睛瞥向另一個地方。等他走近了，才回過頭來看他。

無論跟你約會的是什麼人，我們總會有這種窘困。

我們不太習慣一個人從很遠很遠的一點向自己跑來。兩個人相隔一段那麼長的距離，真不知道該如何自處。

有些人會迎上去，主動把距離縮短。有些人會摸摸頭髮，檢查自己的儀容。有些人會假裝正在沉思，顯示一下自己的智慧。

我們並不害怕和情人的目光相遇，看到他出現的時候，心裡也覺得甜蜜。然而，看著他朝你跑來，又是另一回事。

也許，只有當你很愛很愛一個人的時候，你才能夠定定地望著他從老遠的地方跑來。

以前你會瞥向其他地方，是你還不夠愛這個人，你不想讓他看到你一直在等他，你也不想看到他跑過來那個狼狽的樣子。

每個人走路的姿態都不一樣，然而，也沒有一個人走路的姿態是無懈可擊的。當那個人朝你走來，他走路的缺點也就無所遁形。他臉上的肌肉也許隨著他身體的動作而跳動，他的肚子也許不夠扁平，他的手擺動得太厲害了，他的頭髮都亂了……

一個人還是站著的時候比較好看。

定定地站著的人主宰了相逢的場景，他看到最細微的一切，也看到對方和自己的不完美。惟有當我愛你夠深，以你為榮，才能夠從容地看著你朝我走來。

# 上一次接吻

你上一次接吻是什麼時候？

是今天早上出門之前？是昨天晚上？

還是已經是很久以前的事了？

每個人的答案都不一樣，然而，回答的時候，你必定會想起那個吻，也想念那個吻。

曾經有個很傻瓜的女孩子來問我：

「妳喜歡深吻還是淺吻？」

這兩種吻是不一樣的，怎麼可以二者擇其一呢？

「可是——」她說：「一旦和男孩子深吻，接著便會做那件事情，淺吻便不會。」

這個想法有多麼笨呢！

深吻不一定是性愛的開始，即使通常如此，那又怎樣？

當妳忽然覺得很愛很愛一個男人，妳會想深深吻他一下。

當妳所愛的人傷心沮喪，妳也會給他情深的一吻，是支持，而不是欲望。

有些吻是序幕，另一些並不。我們一生接吻的次數無從記錄，妳記憶最深的吻，卻不一定是深吻。

即使很愛很愛一個人，妳也不一定每一次都很想和他接吻。當他還沒刷牙、當他口裡有食物、當他剛剛吃過洋蔥和大蒜……那一刻，妳會寧願他輕吻妳的臉。

我們最容易忘記的，偏偏是激情的吻。

因為更深的記憶往往在後頭。

我們會懷念一個悠長的吻，那是一個紀錄。

我們會想念一個出其不意的吻，因為它通常發生在相戀初期最甜蜜的日子裡。

我們渴求的，卻是每天早上起床和晚上臨睡的一吻，那是終生的廝守。

# 叫床的權利

每天負責喚醒自己暗戀的人起床，這是一項很甜蜜的任務吧？

你不是睡在他身旁，而是每天早上用電話把他喚醒。

他常常遲到，家裡的鬧鐘對他一點作用也沒有。於是，有一天，你自告奮勇的說：

「我每天早上打電話叫你起床吧！」

他說：「不好意思的——」

你連忙說：「沒關係！反正我自己也要起床！」

假如你們是同事或同學，那麼，這件事就變得更理所當然了。

獲得了叫他起床的「叫床權」之後，你的每一天，都變得饒有意義。

晚上睡覺的時候，你調好了鬧鐘，提醒自己，明天一定要準時起床，然後叫醒他。因為明天早上能夠聽到他的聲音，你每晚也睡得特別甜。

第二天早上醒來，首先要做的事，便是撥一通電話給他，說：

「起床了！不要再睡！」

十分鐘之後，又再撥一次電話給他，確定他已經起床了。

雖然不是睡在他身邊，但他每天張開眼睛聽到第一把聲音，是你的聲音。即使那天你很累，甚至生病了，你仍然會吃力地爬出被窩打電話給他。

你是一個永不失效的人肉鬧鐘。

# 親熱的小鳥

當一個男人表現了他的智慧或者做了令女人感動的事，就是女人最想和他親熱的時候。

兩個人聊天或者討論問題的時候，他說了一句話或一番見解，那一刻，她不禁心頭一震，驚歎他的智慧。

雖然，她一直也欣賞他，知道他大概有多聰明，然而，就在這一瞬間，他的智慧再一次觸動她的心靈，他簡直帥呆了，比所有她認識的人都要出類拔萃，而他竟然愛上她。

她真想衝上去吻他，身體和他糾結在一起。

當他做了一件令她感動得說不出話來，甚至流下眼淚的事情，她真想跳到他身上，摟著他，一寸一寸的吻他，把他吃掉或者讓他把她吃掉。

至於心情開朗的時候，與男友親熱往往不是女人的首選，反而購物或開懷大嚼才是。

心情不好的時候，也還是購物和吃東西比較好。

沮喪和傷感的時候，女人要的是一個擁抱或一個安慰的吻，勝過肉體的纏綿。

男人又是什麼時候想和女人親熱的？

是覺得她很有智慧的那一刻，還是當她穿著性感睡衣的時候？

是被她感動的一刻還是大家已經一個星期沒有親熱了的時候？

男人有時候的確是用他們的小鳥去想事情的。

女人用的，是她們心頭的鳥兒。這一隻鳥兒，會朝智慧的光輝奔去，會因為感動而嗚囀低迴呢喃。

當一個男人表現了他的智慧
或者做了令女人感動的事

● 就是女人最想和他
親熱的時候

女人用的
是她們心頭的鳥兒

這一隻鳥兒
會朝智慧的光輝奔去

● 會因為感動
而鳴囀低迴呢喃。

# 明天再說吧

常常有女人問：「怎麼知道那個男人喜歡我呢？」

我有一個置之死地而後生的方法。

揀一個晚上，半夜三點鐘用電話把他吵醒，然後說：「我睡不著啊！我們來聊天好嗎？」

假如他很不高興地說：「現在是什麼時候了？」

很明顯，他對妳毫無好感。

假如他馬上抖擻精神說：「喔，沒關係，我也睡不著，正想找個人聊天呢！」

這個男人對妳不可能沒意思吧？

如果他是夜貓子，晚上三點鐘還是很活躍，那妳就大清早打電話給他，那正好是他剛剛上床的時間。妳很抱歉地說：「對不起，我晚一點再找你吧！」

而他竟然溫柔地說：「沒關係，反正我也不想睡。」

這個人一定是喜歡妳的。

妳的開場白愈無聊愈好。他連妳無無聊聊半夜吵醒他也能接受，就是很想和妳開始的。如果半夜找他哭訴，他願意聆聽，有可能是他人很善良，不好意思拒絕一個傷心的人。

男人最有耐性的時刻就是他剛剛喜歡妳的時候，他可以每天半夜跟妳講電話直到天亮，無論妳說話的內容有多無聊，他也會說：「妳這個人真有趣。」

這段日子，妳要好好珍惜。有一天，妳半夜吵醒他，想跟他聊天，他會說：「明天再說吧！」

# 只能有一張時間表

相愛之前，兩個人是各自擁有一張時間表的。

相愛之後，只能有一張時間表，不是依你的那一張，便是跟我這一張。

在放棄自己那張時間表的時候，我們不但毫無怨言，甚至還是滿心歡喜的。

為了能夠多點機會見到你，我甘心情願跟你的時間表生活。我的一切都是可以調動的，我跟其他人的約會，都是可以改期的；甚至我休息和吃飯的時間，也可以跟從前完全不一樣。

你的時間表，就是我的。

為什麼不是你跟我的時間表生活，而是我跟你的時間表？

誰叫我愛你多一點！因為喜歡你，所以自己那張時間表已經不重要。

即使想跟其他朋友見面，也會安排在你不能陪我的那天。

跟你的時間表生活，就是要隨時守候。

你忽然打電話來說：「我想見你！」我馬上就預備好了，那是因為我根本沒有自己的時間表。

漸漸地，一切已成習慣，你的時間表，早已變成我的，已經分不出是誰跟了誰的時間表。要用另一張時間表生活，也太不容易了。

兩個人之間容不下第三者，也容不下兩張時間表。

除了每天的時間表，連人生的時間表也似乎只能有一張了，直到我們生死永訣。

# 你是星期幾的樣子？

你有沒有發覺自己每天都有一個樣子？

星期一的你跟星期三的你是有一點不同的。這麼細微的差別，也許只有你自己看得出來。

我覺得星期三和星期五的我比較好看，而星期天和星期一就比較糟糕。沒人明白那是什麼原因，反正我們永遠不會是昨天或明天的自己，只有當下這一刻才是真實的。

同樣地，經過一段時間的觀察，我發覺身邊的人在星期六的樣子比星期一可愛，也許是因為星期一的工作通常很沉重吧。到了星期六，他會寬容很多。（所以我會揀在星期六發脾氣。）

你身邊的人呢？

你是否能夠說出他一星期七天裡臉上微妙的變化？還是已經沒有感覺了？

曾幾何時，我們很努力去捕捉戀人身上的一切。

他指甲的形狀、拇指的彎度、腳趾頭和第二隻腳趾的長短、他牙齒的顏色，他的唇紋、他眼睛裡黑和白的比例、他身上沒穿衣服時的窘態、他充滿情慾時，皮膚散發出來的味道……這一切一切終將消逝，我們惟有盡量記憶。

就這樣，從星期一到星期天，我們從戀人身上尋找彼此相似之處，然後歌頌它。

我們也同時尋找彼此相異之處，然後遺忘它。

只是，終有一天，我們會變得疏懶或挑剔，不是重新想起彼此相異之處便是忘了當初為什麼愛他。

當你忘了他星期一和星期六的樣子有什麼分別時，難免有一點感觸。因為，由始至終，我們所期待的愛情，並不是一起默默過日子，直至面目模糊；而是像流轉的四季，每一個微妙的變化都充滿喜悅。

# 吵架的對手

我們尋找一個相愛的人，與此同時，也是在尋找吵架的對手吧？

一個女人落寞地說，丈夫離開之後，她連吵架也沒有對手。

吵架的對手是不容易找的。有些人，你根本不屑跟他吵架。有些人，是你不想跟他吵架，因為你不關心、也不在乎他。

我們在乎那個人，才會用心和用感情去跟他吵架。

吵架之後，往往有許多好事降臨：

你很想擁抱他。

你重新發現了他的優點和自己的缺點。

你知道他原來那麼緊張你。

你發覺自己很愛他。

你發覺自己肯放下尊嚴和面子，向他道歉。

情侶之間的吵架，是一種重新的發現、一種生活的調劑，也是一種了解。

年少的時候，我們每次吵架都以為會分手。長大之後，吵架不再是一種發現、一種調劑或一種了解，而是一種互相依存。

無傷大雅的吵架，成為了兩個人天涯相伴的方式。沒有人比你更了解他，也沒有人比他更了解你。任何微小的事情，都可以令兩個共同生活的人不斷吵嘴。直到一天，其中一個不在了，我們才領悟，失去一個吵架的對手，是多麼寂寥的事。

# 跟你一起去討厭

我們常常會遇到一些頻道完全不對的人。你跟他談論一部電影，他喜歡的情節跟你喜歡的完全不一樣。你覺得幽默的地方，他理解不到；他覺得笑到捧腹的地方，你又覺得不是那麼好笑，不明白他為何笑成這樣。

你們可以聊天，但幾乎每次也無法超過半小時，而且都是自說自話或應酬彼此。你們喜歡的書並不一樣，喜歡吃的東西也不一樣。當他說某家館子的菜很巧手，你不會相信。

當你覺得那個人沒趣，他或許並非真的沒趣，而是他的頻道跟你不一樣。他會遇到一個認為他非常有趣的人，他更會覺得你才是那個沒趣的人。

一旦遇到一個跟你頻道相同的人，你才知道那是多麼幸運的事。

你們能夠一起愛上某樣東西。

能夠一起愛上某樣東西並不是最幸福的，能夠一起討厭某樣東西，才是幸福呢！

你們同樣受不了某種裝潢的房子。

你們都吃不消某種打扮。
你們都討厭某一種顏色的車子。
你們一起討厭一個地方，發誓絕不去那兒。
你們討厭同一部電影。
你們也討厭同一個人。
你們一起討厭某種行為和作風。
你們同樣討厭某種味道。
遇上一些事情，你們竟會同時嗤之以鼻。
能夠跟你一起討厭我所討厭的一切，原來是那麼幸福的。

# 品味的霸道

跟朋友逛街，看到一個很醜的名牌皮包。她笑笑說：

「這麼醜的東西，怎會有人買？」

你別笑，再醜的衣服、再醜的飾物，都會有人喜歡。反而，你自認品味不俗，卻會在大減價時發現你在減價前買的一條裙子依然掛在那裡無人問津。

當你喜歡一個人的時候，你也自然會認定他和你的品味很接近。一旦發現他的品味很糟，你不免重新懷疑他是否真的懂得欣賞你。

作家朋友說，曾經有一個女人說很喜歡他和他的文章，他當時很開心。但是，這個女人同時又告訴他，作家之中，她也喜歡某某。

他不禁愣住了。他覺得那個某某寫的東西糟透了。他不是妒忌，而是真心瞧不起某某。而這個他喜歡的女人，怎麼可能同時喜歡他和某某呢？

比如他覺得她剛買的一條裙子很醜，那麼，她怎可能同時喜歡他和那條裙子呢？

朋友的品味，我們都不好意思批評。無關痛癢的人的品味，我們也絕不會看不過眼。惟有情人的品味，我們是不肯寬容的。我們也是他的一種品味，我們才不願意跟其他程度不夠的東西並排。

喜歡我就別喜歡那雙難看得要命的鞋子。

喜歡我就別喜歡那種大紅大綠的顏色。

喜歡我就別喜歡那些庸脂俗粉。

愛情，是一種品味的霸道。

# 想要一個馬屁精

男人的甜言蜜語，就等於向女人拍馬屁。哪個女人不想要一個馬屁精呢？他拍的馬屁，總是教妳心花怒放，他會說：

「三十歲的妳，擁有二十歲的女孩子所沒有的慧黠。」

「妳是我見過最聰明的女人。」

「缺點？這不是妳的缺點！這是妳的個性，妳很有個性。」

「胖？妳一點也不胖！義大利文藝復興時代的女性，就是這種體態，我最討厭像患了厭食症一樣的女人。」

「我想，妳到了五十歲，還是會像現在這麼漂亮的！」他說。

「怎麼可能呢？」妳說。

他連忙說：「當然不會跟現在一樣，但妳肯定會是五十歲的女人之中最漂亮和看起來最年輕的。」

「我老了！」妳說。

「妳老了，我也一樣愛妳！」他說。

「我是不是很笨？」妳問。
「妳不是笨！妳人太正直，太聰明，又長得漂亮，根本不需要想辦法生存，所以不會做人。」
「真的嗎？」妳問。
「我不喜歡說謊。」他說。
這樣的馬屁，若能拍足一輩子，也就是真的了。拍不足一輩子，也夠女人懷念一輩子了。

# 情人的圍巾

曾經跟朋友玩過一個心理測驗，題目是：你想變成情人身上哪一個器官？

我希望變成他的眼睛，便可以看到他看到的東西和他眼中的我。

今天，忽然想到，假如我要變成情人身上的一件衣裳，我想變成什麼衣裳？你又想變成什麼？

我想變成他身上的一條圍巾。

圍巾的款式要永恆一點，顏色最好是灰和深藍，質料是柔軟保暖的喀什米爾山羊毛。

不要問我為什麼不是大衣、不是襯衫、不是褲子。也許有人會想變成情人身上的內衣褲，而我就是喜歡圍巾的感覺。變成一條圍巾，可以包裹著他的脖子，陪他一起走過無數的寒冬。

脖子剛好把腦袋和身體分開了。愛一個人，是欣賞他的智慧，也想和他有肌膚之親，我就是要纏在他的脖子上，兩樣都要。頸骨折斷便會立刻死

亡，因此，我想留在那個位置，陪他出生入死。

男人身上的冬衣，每一件看起來都很酷，只有圍巾例外。它使在寒風中走路的男人看起來沒那麼寂寞。

我不願看見我愛的人感到寂寞。

你說，圍巾只能陪情人過一個冬天，其他的日子便用不著。

誰說其他的日子裡沒有寒冬？

# 戀人的八卦

戀人之間的八卦，是一種情趣和秘密。從一個派對回來，他們會熱烈地討論剛剛在派對上認識的某個人。

「他真愛吹噓。」他說。

「就是啊！有真材實料的人才不用吹噓！喔！對了，你有留意他今天戴的手錶嗎？金錶還鑲滿鑽石，好噁心呢！」她說。

從朋友的晚宴回來，他們會對某位女士評頭論足。

「我不喜歡她！她看來不是一副高不可攀的樣子嗎？你不會覺得她漂亮吧？」她說。

「當然不會。」

「但她就是一副覺得自己很漂亮的樣子。你喜歡這種女人嗎？」

「才不。」他露出厭惡的表情。

她滿意地笑了。

從朋友的約會回來，她邊笑邊說：

「你有留意他今天的打扮嗎？真想知道他那一身衣服是在哪裡買的呢！這麼離奇的衣服，倒要很有眼光才找得到呢！」

「可能是從馬戲班借回來的吧！」

透過這些小小的八卦，我們竟得以更了解對方。八卦原來也不是一無好處的，它是戀人們交換身世秘密和過去歷史以外的一章，是每一段戀情中不可或缺的。

# 妳是我的高音譜號

女孩子傷心地說：

「他說我是他的高音譜號，我在他心中，是佔著最高位置的，現在，他卻放棄我，回到女朋友身邊。」

高音譜號，是很高很高的。在愛情裡，沒有「高處不勝寒」。我們努力在對方心中爬到最高的位置，在那裡賴著不走。

爬不到最高的愛情，是不完美的。

哪個位置才是最高的呢？

我們用以衡量的第一個標準是：他從來沒有這麼愛一個人。

高音譜號只能有一個，最好便是一生中只有這一個。

無論我們合唱的那一支是快樂頌，還是哀歌，我希望我是唯一的。

我們用以衡量的第二個標準是：高音譜號必須感覺到自己被溺愛。既然是最高位置，理所當然享受最好的愛。

最好的愛是被自己所愛的人溺愛著。

對孩子的溺愛會害了他，對情人的溺愛卻會讓他覺得幸福。我們溺愛一個人的時候，總想把最好的東西給他，總希望看到他快樂，也總是微笑著縱容他。

我們不要相愛，我們只要互相溺愛，甚至溺愛到無可救藥的地步，這樣才配稱得上是一個高音譜號。

# 說得最多的一句反話

有時候，話說到嘴邊，卻會說出了相反的說話。

明明想說「我很想見你」，卻會說成「我不想見你」。

明明想說「很想念你」，也會說成「我沒有你也可以」。

小時候，我們都玩過口是心非的遊戲：錯的就說「是」，對的就說「不」，這個遊戲很難玩，我們常常會把「是」和「不」搞糊塗了。可是，口是心非，卻是我們的專長。

明明很想他打電話來，終於，他的電話打來了，我們會冷冷地說：「你終於捨得打來了嗎？」

我們裝酷，是因為面子放不下。

真實的那句話，太難開口了。

為什麼不是你先說幾句好話哄哄我？

明明想道歉，看到對方那副冷面孔，我們會說：「我覺得我並沒有錯！」大家為此狠狠地吵了一架。

我們不想說謊，但說真話的確需要勇氣。
不說反話，也需要有比較厚的臉皮。
男人都說女人愛說反話，男人何嘗不是？他們只是較喜歡用沉默來代替反話罷了。
你以為女人很想說反話的嗎？
看到男人不說話的時候，我們無法不說幾句反話來迫他說話。
我們說得最多的一句反話是：
「你不愛我！」

# 最幸福的一種壞

幸福，往往是某程度的依附。有一個人，在感情上和生活上對我們的依附無任歡迎，那才是幸福。

一個人生活，可以很快樂，可是，只有一個人，便不能說是幸福。幸福，是和另外一個人或者一些人發生某種關係，那可能是你的家人，也可能是你愛的人。

雖然說起來很小女人，可是，我是喜歡依附著別人的。

我希望有一個人能夠為我決定所有事情，工作上的決定，以至買哪一件衣服，也不用我三心兩意。當然，他的決定最好也是我心中所想的。

我希望他能夠猜中我的心意，不用我說出來。他為我做的事，我不需要知道那個過程，因為那個過程太繁瑣了，他一個人去承受就好。

我渴望被溺愛，甚至被寵壞。我可以不問世事；當我想知道世事的時候，他卻又會告訴我，我會照顧自己，不過，最好是由他來照顧我。

在那個人面前，我可以任性和橫蠻。

沮喪的時候，他會揹我回家。
他會搖著頭說：「妳真是被寵壞了！」
是的，被自己所愛的人寵壞，是最幸福的一種壞。

# 將來的那個人

想知道自己是否愛一個人，只要想像一下，當他年老，臥病在床的時候，你願意照顧他嗎？

想到他老病的樣子，你已經有些沮喪，那麼，他絕不是能夠跟你廝守的人。

很久以前讀過一篇訪問，被訪者是一位事業成功的男士。他說，年輕時他有過一個女朋友，一次，那個女孩子患了肺病住進醫院裡，他去過一次之後，就沒有再去了，因為受不了病人身上的那種味道。女孩當然也明白，出院後沒有再見他。

我不知道，到底是他不夠愛她，還是他不能夠忍受自己所愛的人軟弱和生病。我也不知道，當他年老病倒的時候，會不會有一個愛他的人願意包涵，不介意他的味道。

愛一個健康的人毫無困難。

愛一個窮人，是一種選擇。

愛一個老病的人，是命運。當健康離棄了你所愛的那個人，你還能夠愛他嗎？

也許是幾十年後的事了，但是，你現在就會知道他值不值得。你到時候仍然能夠愛他，也還是不夠的。當你年老，病在床上的時候，你也願意由他來照顧你嗎？只要他在，你就放心了。那麼，他是你尋覓的人。你只希望他是個來探病的朋友，而不是夜裡抱你上廁所的人，那麼，你要找的人，也許不是他。

在最軟弱的時候，你會想念的那個人；在那個人最軟弱的時候，你會憐惜的，你們才是彼此將來的那個人。

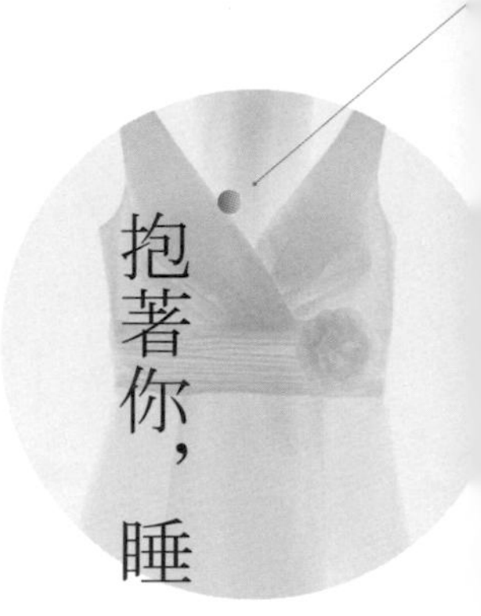

# 抱著你，睡一覺

有位好朋友，二十出頭便結婚，從新婚的時候開始，她跟丈夫就分開睡。知道之後，我很詫異，哪個青春少艾不渴望早上從戀人的臂彎中醒來？她卻說：「大家睡覺的習慣不一樣，分開睡比較好。有需要的時候，他可以過來，我也可以過去。」

我打破沙鍋問到底：「那事後呢？」

「還是各自回去房間睡。」她說。

當年，我覺得她是個頂沒情趣的人。今天，我才明白，一個冷靜若此的人，比別人幸福。起碼，她不會有痛苦。

這些年來，她完成了結婚生子的人生大業，夫婦倆換了一間大一點的房子，仍舊各分開睡。她不會傾盡所有去愛，不曾渴望抱著心愛的男人直到天明，這樣的人，也永不會被情愛所苦。

最近遇到另一位朋友，從小習慣獨自生活的他，說：

「我不習慣攬著女人睡的。」

他卻有三個女朋友。

因為有三個，所以，他的愛，都是很有保留的。

我同意，抱著一個人睡到天明，並不舒服。可是，當你傾盡所有去愛一個人的時候，你多麼渴望擁抱他的體溫、傾聽他的脈搏、呼吸他的鼻息？面對面不舒服的話，那就轉過身去，讓他從後面抱著你，大家弓著身子，像隻匙羹那樣。雖然看不見彼此的臉，卻知道對方的存在，那樣，才能夠好好睡一覺。

# 擦過妳的臉

男人身上有一樣東西，它有時長，有時短。有時可愛，有時可惡。有時妳想要它，有時妳不想要它。它有時把妳弄痛，有時又讓妳覺得很舒服。妳喜歡用手去捏它，用臉去擦它。這個東西，女人身上是沒有的。

我說的是鬍子。

最難忘的是清晨的鬍子。一夜之間，男人的新鬍子又長出來了。他摟著妳，用鬍子使勁地擦妳的臉，吻妳的舌頭。妳尖叫：

「你的鬍子弄得我很痛！很痛！」

他一邊說「對不起」，一邊卻很欣賞自己這種粗獷。

妳的臉給他擦紅了，生氣地說：

「以後你一定要刮了鬍子才可以吻我！」

到了晚上，他刮了的鬍子還沒有重新長出來，這個時候，跟他擦臉是最舒服的。那些短髭像一個柔軟的刷子，替妳的臉按摩。他的鬍子，彷彿也帶著他的氣味。

戀愛的時光裡，我們享受著男人粗暴而又溫柔的鬍子。思念他的時候，總會懷念他在無數個清晨裡那些把我們刺痛的鬚根。

曾經給他擦紅了的臉，期待他再擦一遍。當愛流逝，他的鬍子也擦著另一個女人的臉了。

聽說，失戀的男人會躲起來不刮鬍子，他們也是悲傷地懷念著那張給他們擦過的臉吧？

# 誠徵煮飯男

看過張曼玉的一篇訪問，她說，到了她這個年紀，最喜歡的是一個煮得一手好菜的男人。

的確深有同感。

年少的時候，女人想要的是青春夢裡人。後來，她想要的是一段轟天動地的愛情。再後來，她想要一個天天跟她黏在一起的男人。然後，她渴望一個志同道合、有共同人生目標的男人。

女人在人生每個階段，對於幸福也有不同的詮釋。一天，她愛過了，經歷夠多了，才忽然發現，肚子的幸福，是人生一大幸福。

追求「五好」男人的階段已經過去了，我們再不執著於「收入好、外形好、職業好、性格好、品味好」的男人，只想誠徵一名煮飯男。

他熱愛下廚，廚藝不凡，精通各國佳餚。女人今天突然想吃芋頭燜鴨，明天想吃《紅樓夢》裡的魚香茄子，後天想吃點家常小菜和燉湯，也絕對難不倒他。

愛下廚的男人，自有另一種魅力。當他以萬般柔情和君臨天下的姿態為心愛的女人下廚，女人只要坐著等吃便好了。

只要他煮得一手好菜，那麼，其他條件都可以稍微放寬。

激情何其短暫。在日復一日的生活裡，在悠長的歲月中，將情愛化為味道與食物的奇香，把幸福投射在情人細心的烹調上，擁抱一個愛煮飯的男人，才是得到一張真正的長期飯票。

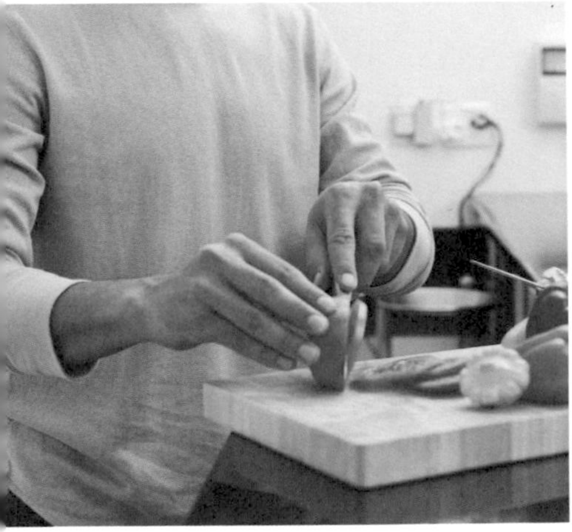

# 辭職吧！我養妳！

戀愛中的女孩子，在工作不如意時，大抵都聽過男朋友說：

「辭職吧！我養妳！」

雖然在工作上遇到挫折，只要聽到對方這樣說，會馬上變得甜絲絲。

「你養我？養我很貴的啊！」

「我頂多辛苦一點！」他義無反顧地說。

那一刻，他的確是真心的，甚至忘記了自己一個月的薪水有多少，夠不夠養活另一個人。

做為一個女人，如果從來沒有一個男人跟妳說這句話，那未免太可憐了。

然而，把這句說話當作真的，也未免太天真了。

有一個女孩子很任性，每份工作都做不長，原來是因為她每一次向男朋友訴苦時，他也會說：

「辭職吧！我養妳！」

他應該是真心的吧？可是，妳辭職，他養妳，也要基於一個條件，那便是他還愛妳。

我深深相信「辭職吧！我養妳！」不是一時的豪情壯語，而是愛的縱容。

我有幸聽過這一句說話，也非常幸運的沒有對男人說過這句話。可是，我更相信，當愛情存在，誓言才會存在。

# 愛慾的味道

有時候，我會很想念一種食物。想得瘋了，很想馬上就吃到。可是，卻無法放下手上的工作，只得繼續想念。想念一個人，也許就是這種心情。

我像想念一碗美味的雲吞麵那樣想念你。為了心中那最美好的滋味，我寧願得不到，也不願意將就，隨便吃一碗不夠水準的雲吞麵。

我像想念一個燒魚頭那樣想念你。燒魚頭是那麼容易做的一道菜，三十分鐘的等待，是多麼幸福的時光。就像等待你的出現。

我像想念一碗熱湯那樣想念你。什麼也不想吃，只想得到一碗湯的擁抱。能在最想念的時候喝到一口湯，就是很簡單的幸福。

吃和愛，本來就是同樣的渴求。

情人說：「我想把你吃掉。」

我不介意成為一道佳餚，只要對方吃到的是溫暖和幸福。

我們都有過這些任性的時刻吧？捉住對方的臂膀，說：

「讓我咬一口好嗎？」

他說：「不要！不要！很痛的！」

「就只咬一口，快把手伸出來！」

他乖乖地交出臂膀，然後，我們一口咬下去。看到自己留在對方臂膀上那個清晰的齒痕時，就像吃到一道美味的菜，什麼時候，還想再來一次。

人肉的味道不知道是怎樣，愛慾的味道，令人昏昏欲醉。餵哺與被餵哺，都是一種圓滿。等待，是個不可缺少的過程，就像想念豐富了人生的味道。

愛情是一場盛宴，我們豪飲幸福與纏綿的感受。

# 戀人的新名字

愛的時候，我們都會重新被命名。

你不再是你身分證和護照上的名字，你有一個獨一無二的專稱。

你可能會被戀人暱稱做「傻豬」、「傻妹」，或者一個你們才了解箇中意義的名字。昂藏六呎的男人也會被叫做「Baby」。旁人要是聽到這些名字，大概會馬上起雞皮疙瘩，只有當事人陶醉其中。

你在戀人面前是叫什麼名字的？

早陣子讀台灣作家韓良露的《微醺之戀》，有一段很感動的情節。作者年少時的乳名叫「娃娃」，那個時候，一個暗戀她的男孩子是這樣叫她的。後來，他在一宗車禍中喪生，死前託人告訴她，他愛她。她難過極了，從此以後，不准別人再叫她這個乳名。

戀人之間的名字也該是這樣吧？

沒有暱稱的戀情似乎是欠缺了一點什麼。

再肉麻的事，只要是對自己所愛的人做，便馬上變得無比優雅。

你曾經這樣愛過一個人嗎？你根本不知道怎樣稱呼他。已經過了直呼其名的階段，偏偏還沒有新的命名。

你想叫他的時候，張開嘴巴，突然不知道叫他什麼，只好叫「噓！噓！」

一個暱稱只能對一個人。無論我們為什麼分手，我永不讓別人叫我這個名字。它應該是專屬於人生某段時光的。

永不重複，是一種道德。

# 2 試用期的愛情

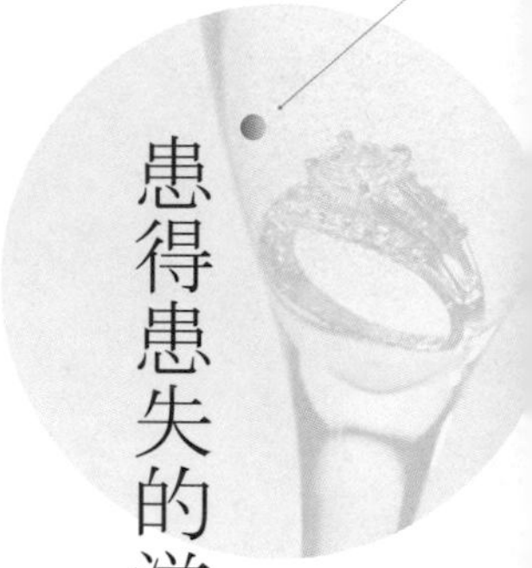

# 患得患失的滋味

愛情最美好的時光，是患得患失的階段。

你知道他喜歡你，你也喜歡他。

打情罵俏，曖曖昧昧的日子，每一天都是甜美的。早上起來，臉上是掛著笑容的，很想聽到他的聲音，很想看見他。

在還沒確定的時候，是最快樂的。

後來，熱戀了，愛得死去活來，也永遠沒有患得患失時的那種容光煥發。

每一次，當一段感情穩定了，我們總會懷念患得患失的時候。

可笑的是，如果不是有了後來的故事，患得患失的日子又怎會如此美妙？

假使一段感情在患得患失的時候便完了，也就沒有回味的價值。

我們說愛情有多麼的動人，它最動人的，卻是還沒有真正開始的時候。

一旦開始了，便永遠離開了那些不確定的快樂。

有時候，我們會後悔開始。

如果沒有開始，我們也許永遠可以回味當天那種互相探聽、互相猜測的興奮。

假如沒有和你開始，我會不會有另外的際遇？

不管會有什麼結果，我還是寧願跟你開始，因為我更想知道和你相愛的滋味。

# 最初的愛情最客氣

愛情開始的頭六個月，你要好好珍惜。過了這六個月，當你們愈來愈親密，愈來愈相愛，日常生活裡，你們最晦氣的嘴臉和最不客氣的說話都會毫無保留地表現出來。

開頭那六個月，我們會把臭脾氣和缺點藏起來，讓對方看到自己最好的一面。我們說話會特別溫柔，躁狂症也會變成為開心果。大男人會化身成為小男人，大女人也會變身成為小女人。

過了這六個月，我們再隱藏不住本性了。這個時候，我們認為應該讓對方看到自己最真的一面，而不是最好的一面。

因為對你真，才不再虛偽。因為你已經是我的，大家也不要再客氣了。

不客氣的說話包括：

「不要煩我！」

「我才不想再跟你說！」

「閉嘴吧！你以為你自己什麼都懂嗎？」

板起臉孔或不瞅不睬，更是家常便飯。熱戀時那個溫柔而又充滿耐性的你和他，已經永遠消逝了。

每一段愛情，也會逐漸變成這樣。最真的一面，往往不是最好的一面，只有最初的愛情是最客氣的。

# 試用期的愛情

跟一個人開始了，才發覺自己不是太喜歡他。這個時候怎麼辦？

那還不簡單嗎？就是趕快跟他拜拜。

你問：

「那是不是很壞？很不負責任？」

大家還沒有任何承諾，怎算不負責任呢？

你又問：

「我是以為自己喜歡他，所以才開始的，所以，有點尷尬，不知道怎樣跟他說。」

曾經有一刻喜歡他，這不已經是對他最大的恭維嗎？

愛情也有試用期，大家都有權試用對方。既然試用期不合格，也就只好各自另謀高就了。

你又說：

「這樣會不會不好意思？」

愛情是沒有不好意思這回事的。難道你因為怕不好意思而勉強自己嗎？

不喜歡一個人，那就儘快告訴他，讓他能夠另外找一個愛他的人，這才是最負責任的行為。不要自大狂，不要以為你會令對方很痛苦。那不過是一段試用失敗的愛情，距離痛苦還有很遠很遠。

# 把煩惱留給自己

世事有時是這樣的：我們愛的是一個人，我們跟他無所不談的，又是另一個人。我們沒有愛上那個無所不談的人，卻又不會與自己所愛的人無所不談。

起初相愛的時候，巴不得什麼也跟他說。後來，知道了哪些可以說，哪些不可以說。因為，有時候他會妒忌，會擔心。有時候，又要向他解釋。有時候，大家的意見不一樣，甚至會吵起來。跟他之間有什麼小問題，不知道怎樣解決，當然也只能向好朋友傾訴。跟他說的話，說不定又會吵架。

兩個人能夠成為情人，是愛上了對方，也想和對方同床共枕。兩個人不必完全相像，對方也不一定是最好的傾訴對象。

能夠和一個異性成為知己，因為對方是最好的傾訴對象。你不用擔心他會妒忌，也不會跟他因為意見不同而吵架。你欣賞他的分析能力，他樂於聽你的意見。可是，你們不會有一種想跟對方同床共枕的慾望。

知己和情人，就是有那一點點的分別。自私的說，就是我們會把問題和煩惱留給知己，把時間和溫柔留給情人。情人是用來疼我和陪我的，知己是用來鼓勵我和聽我訴苦的。情人是生活的伴侶，知己是遙遠一點的。有了那一點點的距離，反而能夠無所不談。

# 同類，或救贖者

戀愛本來就不應該計較年齡的差距，最重要是心智的距離。他年紀比你大，但心智幼稚，那又有什麼意思？

女比男大，介意的往往不是男人，而是那個女主角。她在想，一天，當他三十五歲，風華正茂，而她已經四十三歲了，看上去不是像他姐姐嗎？當其他年輕的女孩子出現，她也會給比下去。

誰知道明天的事呢？等到她四十三歲，說不定有更年輕的男人喜歡她。

愛情，先是一種際遇，然後才是選擇。

我從沒愛上過比我年輕的男孩子。不知道為什麼，但凡比我年輕的，我也跟他談不來。我的男性好朋友和較投契的男同學，年紀都比我大。跟年紀比我大的男人一起，我毫無距離和代溝。與跟我同年齡的男孩子一起，我反而覺得話不投機，他們大概也跟我合不來。

於是，在我身邊出現的男性，都比我大好幾年。我沒法想像有一天我會喜歡一個比我小的男人。

或許，我太害怕照顧別人了。

又或者，我有一種偏見，覺得年輕的男孩子欠了一點風霜和人生歷練，而這正正是男人迷人的地方。也有可能，無論我長得多麼大了，還是擺脫不了那一點點大女孩的心態，渴望關愛，也渴望安全感。

每段愛情都是一個自我延伸的故事，你是什麼人，便會遇上同類；或救贖者。

# 兩個伴侶

女人一生之中也許都在尋找兩個伴侶——靈魂和生活的。

兩者能夠合而為一，那是天底下最美好的事。

可惜，世事往往沒有那麼完美。

當妳找到了一個生活的伴侶，時日久了，妳不免感到有一點遺憾——遺憾他沒能和妳在靈魂上有更深的交流。

然而，當妳找到了一個靈魂的伴侶，有時候，妳又會覺得可惜——可惜除了靈魂深處的溝通之外，你們共同的生活太多瑕疵。

於是有人說：妳太貪婪了！怎麼可能最好的東西全落在妳手上？接受不完美，本來就是人生的一部分。

更有人說：愛情就是一個套餐。妳接受一個人的優點，也要連他的缺點一起接受。對方不也是這樣接受妳嗎？

可是，現在的女人，最大的迷惘，也許就是貪婪吧。

既然我一個人也可以活得好好的，為什麼我不可以提高對伴侶的要求？

我不完美，不代表我就不可以追求完美。

他接受我，不代表我要接受他來做為回報。

妳問：那妳什麼時候需要生活的伴侶？什麼時候需要靈魂的伴侶？

我怎麼知道呢？那個人出現了我便知道。

到了只能二者擇其一的那天，便要看看妳對幸福的定義。

幸福到底是有一個人讓妳在生活上可以完全倚賴，還是有一個人跟妳一起追求靈魂的進步？

# 不光榮的時刻

當妳愛一個男人，妳是愛他光榮的時刻，還是妳也愛他卑微的時候？

女人愛一個男人，總是能夠舉出他的好處。

「他很棒！」

「他聰明！」

「他品性善良，有責任感。」

「他有正義感！」

也許，她還見過他最光榮的時刻。譬如說，他的才智得到認同、他是朋友之中最出色的一個、他的成就讓所有人都羨慕……

然而，單單是愛上他的光榮，那是危險的。當他頭上的光環一旦褪色，她會看不起他。

她見過他最卑微、最糟糕，甚至最不堪的臉容嗎？

他會因為害怕而顫抖。

他會因為受傷而哭泣。

他有很多事情都不懂，他有時很沒出息。

遇到比他強壯的對手時，他會畏懼。當那個人走得很遠很遠，他才會咬牙切齒的說：「算他走得快！」

曾經有機會目睹他最軟弱或最糟糕的時刻，妳仍然能夠微笑接受他的不完美，並且和他共同擁有這個秘密，這一段愛情，才能夠長久一些。

# 對你複雜的愛

曾經以為，愛一個人是很簡單的。愛便是愛，兩個人一起，會很快樂。後來，我們才知道，愛一個人，是多麼複雜的情緒。

心裡明白愛不是佔有；可是，我們本性如此。愛一個男人的時候，很想佔有他。想佔有他的時候，知道自己是不對的，於是，既討厭自己的佔有慾，卻又討厭沒法佔有他。看到他的時候，忽然覺得他也很討厭，為什麼他不肯乖乖讓我佔有呢？真正討厭的，也許是自己。

明知道愛一個人是應該接受他原本的樣子，可是，愛上之後，卻想改變他。以為自己已經改變了他，直到有一天，發覺他原來一直沒有改變。那一刻，心裡很憤怒，還以為他老早已經站在我這一邊呢！誰知道卻是騙人的。

明知道兩個人一起是為了追尋快樂，可是，有時候，我們在大事情上意見一致，在微小的事情上，卻會各不相讓。很不想吵架，很不想冷戰，偏偏沒法控制自己。為什麼會這樣呢？到了最後，才明白自己太沒安全感了，很想大發脾氣，看看他會不會走，他走了，那就證明他也不是很愛我。原來，只要我對他不好，他便會跑掉。說什麼愛我，最愛的還不是他自己？
誰可以告訴我，這麼複雜地愛著一個人，還算不算愛？

# 高尚的謊言

戀人之間的謊言，通常有兩種：「為了開脫而說謊」和「為了被愛而說謊」。

為了開脫而說的謊，只是想要逃避責任和保護自己。為了被愛而說謊，是因為想你愛我多一點。

初相識的時候，把自己說得比原本好，是希望你喜歡的人也喜歡你所描述的自己。同時，為了迎合他，我們會努力對他的意見表示認同，把自我拋得遠遠的，做個有點虛偽的人。

熱戀的時候，為了被愛，謊言在所難免。明明很想念他，偏偏裝著正為其他事情操心。明明很想抓住他，偏偏裝著毫不在乎，因為人總是想望企求不得的東西。

吵架之後想要和好，緊隨「對不起」這一句之後的，往往也是謊言。告訴他，你為他做了這許多許多的事情，你是那麼愛他的。真相是：你的確很愛他，但那些事情有一半並不是為他而做的。

為了把對方留在身邊，也有不得不說的謊言。對他的愛，也許只有九十分，卻將之說成一百二十分。告訴他：「你是我這輩子最愛的，你走了，我活不下去。」但你心裡知道自己根本沒有勇氣自尋短見。

情場上的謊言不比政壇少。政客的謊言可恥，情人的謊言卑鄙，我們自己的謊言卻有高尚的理由。

我不是想開脫，只是因為想你愛我。我說的謊不重要，我說謊的理由才重要。

# 我寧願千瘡百孔

當一個人跟你說，你太完美了，他沒法愛你；你有沒有想過，這只不過是一個藉口？

因為他沒法愛上你，惟有這樣拒絕你。

不是你不好，而是你簡直太好了。不是你配不上他，而是他配不上你。這個藉口，既挽回了你的自尊，也保住了大家的友情。我們可以跟一個很完美的人做朋友，卻沒法跟一個太完美的人相愛。

如果他說，他不能跟你一起是因為你太完美，那麼，你就相信吧！完美有什麼不好呢？那總比「我不適合你。」、「對不起，我不喜歡你。」、「我已經有我愛的人了。」這些說話動聽得多。

世上怎會有完美的人？所有的完美，不過是一種對比。你愛他，他不愛你，這便是一個對比。不被他愛的你，可憐地完美。被你所愛的他，驕傲地不完美。

當我們被別人愛著，我們才能夠意氣風發地問對方：

「你為什麼要愛我呢？很多人比我好呀！很快你便會發覺，我並不是你想像的那麼完美！」

我們並不渴望完美，那是遙不可及的。能被你所愛，千瘡百孔又何妨？可是，你卻說我太完美了。你說的，是我永不相信的謊言。

# 最難承認的

最難承認的，並不是自己的錯誤，而是心裡的妒忌。

「我嫉妒」比「對不起」更難啟齒。

愛一個人的時候，我們很願意說「對不起」。既然我錯了，希望你不要生氣。因為愛你，所以這一點點的自尊可以放在一旁。

然而，嫉妒卻與自尊無關。

嫉妒裡，也許有一部分的自卑吧。我並不希望你了解我的自卑和脆弱，這是我自己也幾乎無法面對的事情。

為了掩飾自己的嫉妒，我不是胡亂找藉口發脾氣便假裝有風度。

我一連發了幾天脾氣，你找不出理由，以為我為了一些雞毛蒜皮的小事，或者以為女人每個月總有幾天非常可怕。而其實，我在嫉妒。

嫉妒些什麼？或許是嫉妒一些你認為可笑和不可能的事情，比如你和其他女人的關係、你對其他女人的讚美。

女人的本領，是把一些事情想像成真，然後涕淚漣漣，好不淒涼。

我不想你知道你愛的我是個妒忌心如此重的女人。因此，我發瘋的時候，我寧願承認我的更年期早來了二十年，而不是心胸狹窄。女人不想承認妒忌，也許還有這許多的理由：

我不想你知道我多麼在乎你，多麼害怕失去你。

我不想你沾沾自喜，也不想長他人志氣。

我不想變成一個小心眼的人。我更不想的，是你以後可以利用我的妒忌來氣我。

所以，當我滿懷妒忌的時候，我還是瀟灑地微笑。

# 藏在心底的話

有時候，我們很想跟一個人說一些心底話，但不知道怎樣說，於是，我們決定遲些找個時間或者機會去說，也許，下星期吧。

可是，當我們還沒有說出來，事情已經改變了，再說也沒意思。

你曾經有過這種遺憾嗎？我是有的。

跟朋友因為一些事情鬧意見，那幾天我正在忙著寫小說，我橫蠻地說：

「我現在不想討論這些事情！」

當時他說：

「那好吧，過幾天再說。」

寫完小說之後，我的心情也好了。我仔細的把事情想了一遍又一遍，我不得不承認，他是對的。我太自私了，沒想過他的難處。我想，過幾天大家見面的時候，我要告訴他我的想法，我要向他道歉。

然而，大家見面的時候，礙於尊嚴，我終究沒有承認自己不對。我想，下次見面的時候再說吧，下次的時間也許會充裕一點。

只是，還沒等到下次，事情已經起了變化。這個時候，如果我說出我的想法，他會相信嗎？他一定會認為是事情發生了，我才會這樣維護自己。無論我說什麼，也不能改變事實。

我們總是喜歡把話藏在心底；為了尊嚴，也許還為了許多愚蠢的理由。

# 不要穿過歲月看你

我有一個很大的缺點，我絕對不能夠看到男朋友童年的照片。看到的話，我會對他們心軟。

本來已經不愛他了，看到他小時候那個活潑天真的樣子，我會內疚。他曾經是一個多麼快樂的小孩子！因為愛上我，結果弄到這個地步，為我承受了那麼多的痛苦，我會於心不忍。本來不愛，也會留下來。

相愛的時候，我也不要看到他童年的照片，因為我不知道什麼時候會不愛他。

有些女孩子會把男朋友的童年照片珍藏起來，我的相簿裡，從來沒有這些照片，只有我自己小時候的照片。

我想，有一天，當我愛的那個男人不愛我，我便會把我小時候的照片拿給他看，他也會像我一樣心軟嗎？兒時的我，多麼無憂無慮，為什麼長大之後卻要失去自己所愛的人？

可惜，也許他並不像我，看到對方兒時的照片，便會覺得自己在欺負一個小孩子。

朋友說，他有一種本領，當他遇到一個人，他可以飛越時空，看到這個人童年的樣子。即使他是個壞人，他兒時也會是很可愛的。那天，我們談到一個我討厭的人，我說：「我可沒法想像她小時候有多麼可愛！」

然而，我愛的人，我卻害怕穿過歲月的斷層看到他的無助。

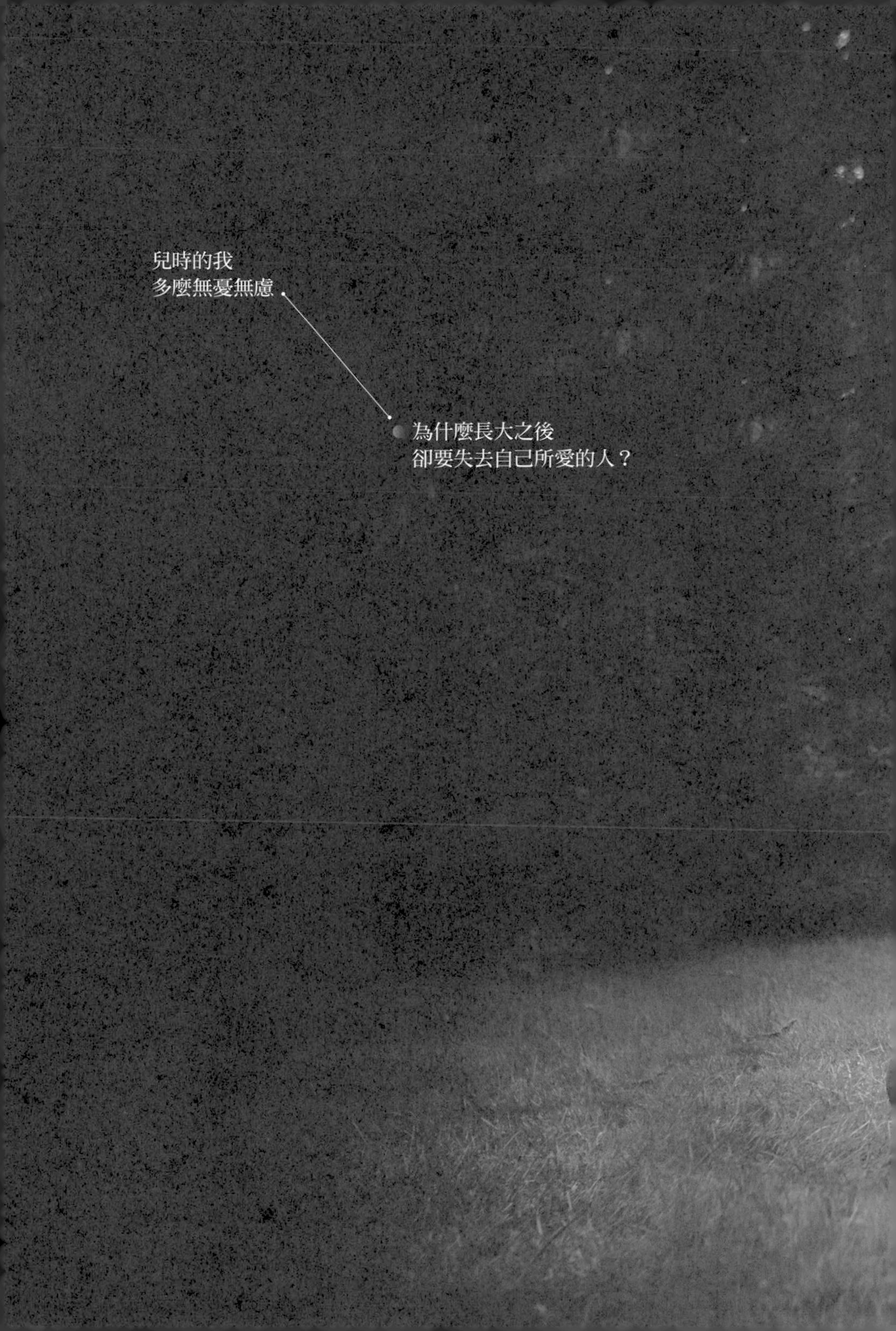

兒時的我
多麼無憂無慮

為什麼長大之後
卻要失去自己所愛的人？

# 依賴的重量

無論你是否相信人本來是雌雄同體，終生尋覓另一半這個神話，兩個人之所以相愛，是一種配合。譬如說，喜歡依賴的，會愛上喜歡被依賴的那個。

依賴也許不是一種好東西，除非你還是個嬰兒。太依賴的小孩令人擔心，太依賴的成人被認為不成熟。然而，正正因為我們長大後發現僅可依賴的只有自己，所以才渴望依賴別人。

愛是一種依賴，我們想要成為另一個人的孩子。

成為孩子，意味著得到溫暖、照顧、食物和柔情。終其一生，每個人都渴望可以得到這些美好的東西，在有需要的時候，就會被餵哺和擁抱。

當那個人說：「你太依賴了！我吃不消！」那麼，他顯然並不是和你分裂了的另一半，只能再去尋覓。

如果那個人沮喪地說：「為什麼你好像不需要我？」他說的，就是感覺不到你的依賴。那麼，你們的愛是不圓滿的。

我們口裡說自己喜歡比較獨立的另一半，然而，假如他獨立到完全不需要依賴你，自己就可以製造溫暖、照顧、柔情和食物，那麼，你們還拿什麼來戀愛？

我們都知道適當的依賴是一種信任和親暱的表現，去回應這種依賴就是愛。只是，我們往往無法準確地決定依賴的重量。太輕了，對方沒有安全感；太重了，又輪到自己沒有安全感。要有多重才不算重？才能夠自持？

# 肉體的安慰

我沒養過鳥和魚。

鳥的樣子，用一個近鏡頭去看，是滿恐怖的，我害怕。況且，鳥啼並不是想像中的動聽，只要住在靠山的房子，每天清晨五點鐘，你會被聒噪的鳥聲吵醒，再沒法欣賞所謂鳥語花香。

不養熱帶魚，因為老是覺得牠們很容易會死，而且我永遠弄不清魚的品種，我只有興趣吃魚。

不養鳥和魚，是因為這兩種寵物都無法跟我擁抱。

無法擁抱的，稱不上寵物。

即使養一條尊容奇醜無比的蜥蜴，也都可以擁抱吧？可是，你不可能擁抱你的鸚鵡或魔鬼魚。你可以把鳥放在掌心或肩膀，卻無法同樣對待一尾熱帶魚。

我喜歡跟我的寵物廝磨，我愛跟牠接吻。傷心的時候，我要牢牢地抱住牠。

這種要求，好像只有狗兒做得到。
比狗兒做得好一點的，是人。
人，也許只分成兩種：你想擁抱的，你不想擁抱的。
擁抱的感覺真好，那是肉體的安慰，是塵世的獎賞。
擁抱和被擁抱著的時候，你覺得自己是一頭快樂的寵物，不知道人間何世，不察覺老之將至，全身的骨頭都是酥軟的。

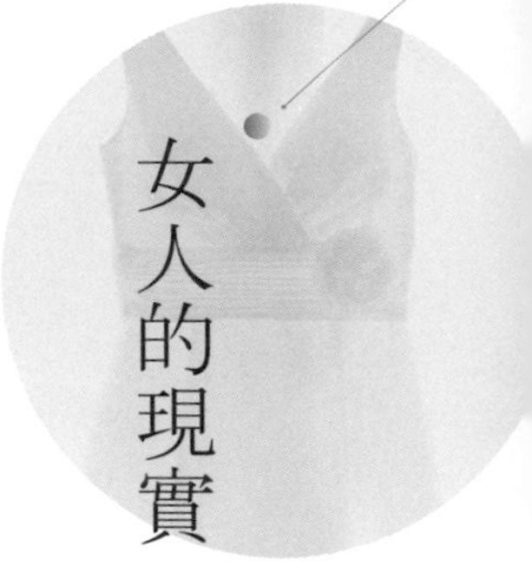

# 女人的現實

一個男人問妳：「若我有什麼事，妳會不會離棄我？」

這個問題，在從前是不可以想像的吧？那個時候，通常是女人問男人的。

我們會問：

「如果我患了重病，你還會留下來照顧我嗎？」

「萬一有意外發生，你會不理自己的安危，首先救我嗎？」

「當我不再漂亮，你還會愛我嗎？」

從前，我們害怕那個男人會離棄自己。他們信誓旦旦；然而，一旦有事發生，他還是會這麼愛我嗎？他能夠禁得起考驗嗎？

今天，我們不再問這個問題了。

我們有足夠的安全感，我可以照顧自己。可是，沒有安全感的，反而是男人。

「我有事的時候，妳會照顧我嗎？」他們可憐的問。

然後，男人又問另一個男人：「你有沒有信心萬一你有什麼事，你女朋友不會離棄你？」

這個男人也可憐地搖頭。兩個男人得出一個結論：女人都是很現實的，真的說不定！

女人從來也比男人更現實，也更能面對現實。女人看到的現實，畢竟是比男人看到的美麗一些。

# 男人的世界

有些男人不是不好。他不壞、不笨、不驕傲，可他的世界就是太小了。他把什麼事情都看得很簡單。

他總是覺得別人做的事情不怎麼樣，而他自己做的往往比較好一點。他做人沒有什麼負擔，因為他根本沒有責任感。他不害人，可是也不會為人著想。

他的天下，就是自己每天的生活和銀行戶口裡的儲蓄。他在自己周圍劃了一個圈圈，一輩子也離不開這個圈圈。

妳問我怎樣揀一個男人？男人不是妳可以揀的。妳喜歡別人，別人不一定喜歡妳。真要揀一個的話，該揀一個世界大一點的男人。

他不需要是偉人，也不一定男兒志在四方。他仍然可以是一個好好的住家男人，但他心裡有一片寬廣的天地。

他懂得去欣賞別人的才華和努力，也坦然接受別人有好的際遇。他知道這個世界很大，而人卻渺小。

他會承擔責任，做事時為別人想想。他有胸襟氣度，不會整天計算著別人，不會執著於雞毛蒜皮的小事。他更不會阿諛奉承，也不會去害人和佔人便宜。他不會以生活為藉口去做違背良心的事。

他不必絕頂聰明，不必要有野心，但要有視野。

愛一個世界大一點的男人，妳也會變得海闊天空。愛一個小世界的小男人，妳只會退步。

# 下半身是情人

從前，是女人問男人：

「我是你什麼人？」

今天，是男人倒轉過來問女人：

「我是妳什麼人呢？男朋友？」

不，不是男朋友，因為她已經有男朋友了。無論她身邊有多少男人，只有一個可以稱為男朋友。

或者，她並沒有男朋友，但是，這個正在和她交往的男人，還算不上是男朋友，他還沒到達那個境界。

「那麼，是情人嗎？」男人問。

情人的稱號好像有點奇怪吧？似乎只是幹那回事的朋友。

「那是情人知己吧？」男人又問。

我們愛著並且和他一起生活的男人，又似乎永遠不會成為我們的知己。

「是好朋友嗎？」男人一臉疑惑的問。

好朋友又不會幹那回事！

「難道我是妳的兒子？」

不！無論年紀多大了，我們還是喜歡做男人的小女孩，我們才不要伺候一個長不大的男人。

「那我到底是什麼？」男人苦惱地問。

現在竟然輪到男人想要名分。這樣吧，你的上半身是好朋友，下半身是情人。

# 上一分鐘的甜蜜

這一分鐘的眼淚，往往會破壞了上一分鐘的甜蜜。

上一分鐘，明明是好端端的，有說有笑。不知是誰首先說錯了一句話，或者說話的語氣重了一點，所有的甜蜜便忽然一掃而空，換來一張冷面孔或兩行淚水。

傷心的時候，我們不禁懷疑，這個男人到底是幹什麼的？他上一分鐘不是對我情深款款的嗎？他上一分鐘的上一分鐘，還說愛我呢！下一分鐘，竟然就向我發脾氣。

一千四百四十分鐘之前，他不是說過會努力對我好，讓我開心的嗎？才過了一千四百四十分鐘就打回原形了。

於是，女人得到一個結論：

男人都沒有什麼分別。

他可以上一分鐘對妳千依百順，這一分鐘說妳很煩。

他可以上一分鐘說妳聰明可愛，這一分鐘說妳自以為是。

幾百萬分鐘之後，他也許已經不愛妳了。

正常的時間是一分一秒的過去，戀人的時間卻是在多一分的愛或少一分的愛之中過去的。

上一分鐘，妳覺得他比平日愛妳，妳也比往常更愛他。下一分鐘，他對妳的愛少了三分，妳對他的愛少了七分。

我們總想留住這一分鐘的歡愉。一瞬間，下一分鐘的爭吵卻把上一分鐘的情意破壞了。

爭吵的時候，女人臉上那兩行激動或委屈的淚水，並不是為男人而流的，而是為消逝了的上一分鐘。

# 你的態度，我的憤怒

情侶吵架，很多時候並不是為了什麼偉大的事情，而是為了一些微不足道的小事，譬如大家的態度。

「你剛才是什麼態度？」女人氣沖沖的問男人。

「什麼什麼態度？」男人莫名其妙。

「我跟你說話的時候，你一副很藐視的態度。」

「我沒有。」

「沒有？那我剛才跟你說什麼？」

「……」

「你根本沒有聽我說話，哼！」

「那是因為妳滔滔不絕的說話。」

「你……你是討厭我吧！嗚……」

「妳哭什麼？這是什麼態度？每次自己沒道理的時候便哭。」

「我哪裡沒道理？」

「我就是不喜歡妳這種態度。」
「我一向都是這樣的！」
「一向這樣並不代表是對的！」
「這個世界上只有你永遠是對的！」
「妳真是蠻不講理！」
「是啊！我是不可理喻的！哇……哇……你根本不愛我！」
我們吵得翻天覆地，卻往往忘記了大家吵架的原因，好比兩個賽跑的人，忘記了自己本來的目的是賽跑，只是集中批評對方的眼神太過不可一世。

# 我們的單車

兩個人之中，一個人進步了，而另一個沒有，常常是感情轉淡，甚至分手的原因。一個女人曾經信誓旦旦地告訴我：「我跟他一起許多年了，他對我這麼好，難道因為我進步了，我便離棄他嗎？我做不到。」

可是，兩年後，她終於還是離開了他。過程雖然痛苦，但她知道不能在一段沒有進步的關係裡耽擱下去。他埋怨她無情，而且聲稱他也有進步。他還說：「若不是我的支持，妳會有這種進步嗎？」

她說：「有時我會希望自己從來沒有進步，就像我跟你認識的時候那樣，那麼，我們的愛情便不會消逝。可是，我寧願冒著失去你的危險而求取進步，因為這是我的人生。」

然後，她說：「如果你對我的愛夠深，你是會和我一起進步的，可是你沒有，你停留在那裡。」

男人流下了眼淚，說：「不，如果妳是愛我的，妳不會在進步了這麼多之後才讓我知道。」

女人淒然笑了：「你看！你都不知道我在進步。」

熱戀的時候，我們每一天都有進取的感受，我們會為了對方而進步，無論做些什麼，都覺得對方在看，所以要為他而做得更出色。後來，我們或忘記了進步，或覺得人生有其他更重要的事情，直到被對方遠遠拋離了，才醒覺到，愛情就像踏單車，只能往前走，無可能後退。

# 愛的週期性

有些情侶說他們是從來不吵架的。這不是太難相信嗎？世上竟然會有不吵架的情侶？也許，他們不把互不瞅睬或一個發脾氣一個不說話也算作吵架吧。

不吵架，我怎會知道原來你緊張我？

不吵架，我又怎會知道你在我心裡有多麼的重要？

兩個人之間，是不可能不吵架的，除非，我們已經無話可說了。

愛是有週期性的。有一陣子，我很愛你。有一陣子，我討厭你。到底哪一種感覺才是對的呢？討厭你的時候，我便會跟你吵架。然後，我發覺，我還是喜歡你的。

愛的週期，到底有沒有一個定律呢？它不是女人的生理週期，我們從不知道它什麼時候來，什麼時候走。低潮的日子，我們都在徬徨地等待。他愛我嗎？他不愛我？暗無天日，完全失去了自信心。不如就這樣算了，反正我也可以沒有他。

忽然有一天，低潮驟然過去了，旭日初升。我覺得他是愛我的，他不會從我生命中消失，我不能沒有他。我們歡天喜地的相擁，我們捨不得跟對方吵架。

我們度過了多少愛的週期，而身畔依然是那個人？然後，我們知道，沒有一段愛是不曾在心裡動盪過的。

3

# 不想分手的理由

# 床榻之岸的人

你曾否靜靜地看著熟睡中的戀人？

忘了是什麼樣的心情之下，發覺他熟睡了，自己卻睡不著，於是看著熟睡中的他。他的睡姿也許並不優美，但你不會介意。

人可以透過鏡子看到自己的背影，卻永不可能在熟睡的時候看到自己的睡姿。這麼私密的時光，只能留給身邊的人欣賞。

看著熟睡中的戀人，你心裡不禁生出了許多問號：

這個人為什麼會睡在你床上？他為什麼不是睡在別人床上？

你為什麼會愛上他，而他又會愛上你？

他有時候不是很陌生嗎？

為什麼這個人會讓你笑，也讓你哭？

他是真實的嗎？為什麼有時你會覺得自己在作夢？

他就是將會和你長相廝守的人嗎？

你悄悄地呼吸著他的鼻息，傾聽著他的呼吸，忽爾有點茫然。他是一條小船，由於命運的驅使，順水漂流到你床榻之岸。

這樣的機率有多少，無從計算。

你在他臉上輕輕呼出一口氣，為他拉上被子，看著他酣睡，不禁又生出了愛憐。

他毫無戒備地打著鼻鼾。在你床榻之岸停留的人，是多麼天真和善良。你告訴自己，以後要好好愛他和珍惜他。

然而，當他醒來，當你也醒來，你還是會和他吵嘴，還是會懷疑他是否那個跟你廝守終生的人。瞬間的感動，原來只是感動了自己。

# 愛情是過期春藥

有人說，愛情是最好的春藥。可是，這顆春藥是會過期的。

熱戀的時候，我們每一刻都想要跟對方纏綿。後來，我們卻會變得疏懶。我們纏綿的次數，會隨著歲月而遞減，由每個星期七次，變成三次，然後是一次，最後，是一年十二次。

我們仍然相愛，愛情卻是失效的春藥。

只有把愛情濃縮在一段很短暫的時光裡，它才會是一顆強力的春藥。

能夠把愛情濃縮在短暫時光裡的，是別離。

彼此相愛，卻不可以再一起了。離別的日子愈接近，我們愈想擁有對方。明明說好了這是最後一次見面，我們卻總是在拖延，我只是想再抱你多一次。

我不知道是否還有下一次，如果可以，我想把你吃掉。

明天以後，我不可以再撫摸你了，我要你永遠懷念我。

做愛的時光裡，我們流著汗，也流著淚，在彼此身上，泣唱離別之歌。

讓我最後一次撫愛你，我們永遠沒有機會疏懶；我們吞下肚裡的，是一顆永不過期的春藥。

# 不雅的生活

不知道世事可否這樣便宜呢？你只需要接受戀人美好的一面，而無須屈就於那些不美好的生活細節。

你在他身上看到智慧的光芒，但無須一併接受他那天搖地動、像恐龍襲地球一樣的鼻鼾聲。

你欣賞他的才華，但不必欣賞他剪腳趾甲和挖鼻孔的姿態。

你喜歡他的老實，但永遠不用喜歡看他蹲馬桶。

你沉醉於他的世故和見識，但不用替他收拾隨處亂放的啤酒罐。

你愛上他的細心和體貼，不必愛上他放的屁。

你喜歡跟他接吻，但不用接受他清晨的口氣。

你喜歡他為你分析事情，但不用看到他用手指去剔牙。

你愛跟他談天說地，但不用忍受他愛用手拿食物。

你渴望和他地老天荒，就是不能忍受他吃東西時狼吞虎嚥。

你能夠和他生死相許，但沒法忍受他經常忘記剪手指甲。

愛情是優雅的，生活卻有太多的不雅。

兩個人可以衝破許多困難和障礙，義無反顧地走在一起。然而，當兩個人在一起之後，他們才發現許多生活的細節瑣碎如許，不值一提，卻又非同小可。

愛情往往不是敗於大是大非之，而是流逝於微小的生活裡。

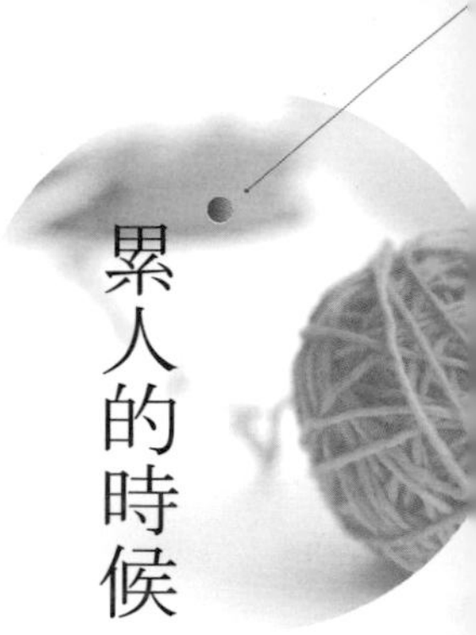

# 累人的時候

沒有所愛的人，也沒有被人所愛，難免會有點孤寂。

可是，被人所愛和愛人，也是很累的。被人所愛，便要回應那種愛。告訴他，你愛他，以行動回報他的愛，這一切雖然甜蜜，卻也是令人疲累的。

不是嗎？當你做得不好，他會抱怨。當你做得不比他好，他會覺得你不夠愛他。當你忘記回應，他會寂寞。

因為他是那樣愛你，你自然希望能達到他的要求。要達到別人的要求，是多麼疲倦的事情。

你告訴自己：「我要對他好一點！」這一切，卻變成了壓力，你總是責備自己做得不夠好。

能被你愛，或許是此生最幸福的事。只是，當一個人承受著那麼厚的一份愛，總會有吃不消的時候。

愛人，當然就更累了。

即使他是你此生最愛。去愛，本來就需要很多精力。

在營營役役的生活裡，我們大多數時候都已筋疲力竭，哪裡還有精力？惟有寄望在很快的將來可以一起去旅行，旅途上，我們會有許多共處的時光，用以修補平日的疏失。我們總是寄望那些未出現的日子。我們相信將來會美好一點，將來不會那麼累，卻不肯承認，愛情、感情、友情，以至親情，都有它們很累人的時候。

# 不想分手的理由

當大家的生活愈來愈不一樣，大家所追求的東西也愈來愈不一樣，你還會不會勉強去維繫一段感情？

假如我們是旁觀者，我們可以非常灑脫的說：

「當然沒有必要再走在一起！」

然而，你是當事人的話，還能夠這樣灑脫嗎？

人總是自欺的時候多於欺人的時候。

明明大家的想法已經愈走愈遠，念及多年的感情，我們還是會一拖再拖。我們會以為爭執是很平常的。我們一向都是這樣吵架，過幾天便會和好如初。我們不肯承認，現在吵架的理由已經跟從前不一樣。從前的確是為了一些小事吵架，今天卻是因為大家的想法已經有了距離。

每一次，當我們對這段關係心灰意冷的時候，我們總是找理由去安慰自己：

可能近來工作太忙了，大家的心情也不好。

可能近來關係太平淡了，感情總會有高潮和低潮。找那麼多的藉口，只是因為我們害怕分手，我們害怕要重新適應另一個人，我們更害怕寂寞。和他一起雖然悶，沒有他的日子怎麼辦？

# 重尋美麗的偶然

許多年前，無意中在日本東京一家生活雜貨店裡買到一個漂亮的布袋，於是，以後每次重遊東京，我也會去同一家店逛逛。可是，自從那個布袋之後，我再沒有找到稱心滿意的東西了。

有些東西，的確只會讓你遇到一次。

你也有過這種經驗吧？因為一次美麗的偶然，我們愛上了一個地方，並且相信以後還會有更多驚喜。可惜，那些驚喜卻不再出現了。雖然是這樣，你也許還是會繼續探訪那個地方，直至你在另一處遇到一個更美麗的偶然。

無數次失望之後，仍然重臨，只是因為不想錯過。

我們多麼害怕失諸交臂。

有時是一襲衣裳、有時是一件收藏品、有時是一個人，你不一定很想擁有，但是，錯過了便太可惜。

我們不敢錯過有過美麗回憶或美好經驗的地方，不是放不開，而是捨不得。

在平凡的生活裡，我們樂於懷抱著一個微小的希望。為了一個希望，即使花一點時間，或再失望一次，又有什麼關係呢？

# 這是為了什麼？

每次工作得很辛苦的時候，你會在心裡問：

「這是為了什麼？」

你可以少要一點錢，過儉樸一點的生活，那就不用這麼辛苦了。

如果不是為了錢，那又是為了什麼？為夢想？為了自命不凡？那有多麼傻呢！

工作不順利，或者遇到挫折的時候，你又會問自己：

「這是為了什麼？」

為什麼不降低要求？為什麼就不敷衍一下別人呢？人生苦短，何必為難自己？

遇到生氣的事情，你忍下了那口氣，卻又禁不住問：

「這是為了什麼？」

就是為了做一個好人嗎？就是為了息事寧人？那真是太委屈自己了。

當你愛著一個人，他卻沒有同樣的愛你，他總是讓你傷心。你不禁問：

「這是為了什麼？」

這就是愛情嗎？總有一個人要付出多一點。

當你們好不容易才可以走在一起，相處時卻有許多爭執。灰心的時候，你問：

「這是為了什麼？」

一生之中，我們會不停問這個問題：然後我們才發現，問完了，還是會繼續。我們比自己所想的要頑固許多。

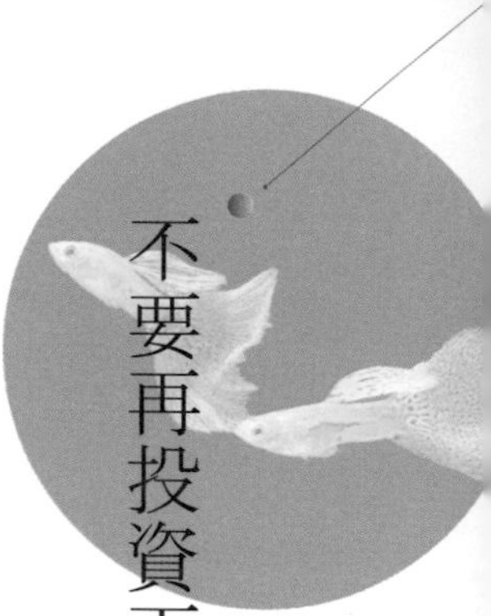

# 不要再投資下去了

有時候，我們不願意離開一個人，是因為我們在他身上投資了太多東西，包括感情、青春，甚至是金錢。

跟他的關係愈來愈壞，彼此的話題愈來愈少，相處得愈來愈不開心，無數次想過要分手，卻仍然留下來，因為已經投資了那麼多，沒理由現在放棄。

半途放棄，以前的損失怎麼辦？

已經下了注，不贏的話，太不甘心了。

於是，每一次鬧分手，也不肯真正的分開。

好像還是愛他的，愛他什麼呢？漸漸地，自己也不知道為什麼愛這個人。

也許，我們只是不肯承認愛情已經消逝了。

我們可以投資在自己身上，卻不可能投資一段愛情。

無論你有沒有遇上這個人，你也會一天比一天年老，為什麼說他耽誤了你的青春呢？是你耽誤自己。當你付出感情去愛一個人，你也享受那個過

程，這不是投資。至於金錢，何嘗不是你甘心情願的？

最聰明的投資，是在知道大勢已去的時候，立刻撤退，不要奢望拿回當初的本錢，也不要再投資下去。趁自己還有本錢的時候，投資在另一個人身上吧。

# 你不懂得愛自己

有人問：

「如果你喜歡一個人，那個人卻不喜歡你，那怎麼辦？」

這種情形從來沒有發生在我身上，因為我根本就不會喜歡一個不喜歡我的人。我不能夠忍受被人拒絕。

他不喜歡我，我為什麼要喜歡他呢？我才不會自討苦吃。喜歡便是喜歡，不喜歡的話，是沒法勉強的，我更不會等待。等待一個不喜歡我的人改變心意，不如用來等待我心愛的人。

我從來不看那些教人怎樣使別人喜歡自己的書。近年，科學家發現每個人身上都會分泌一種獨特的荷爾蒙，人們互相吸引，正是被這種獨特的氣味吸引。你的荷爾蒙沒有俘虜他，那不是你的錯，也跟你的外表和智慧沒有關係。他愛上的那個人，也許絕對比不上你，但他們的荷爾蒙相投，那有什麼辦法呢？

為一個不喜歡你的人流淚，那樣值得嗎？如果他是有苦衷的，是有什麼理由不能跟我一起的，那我還可以接受。然而，他根本不愛我，那麼，這個人是不值得的。

他不愛我，我也不愛他，這樣最公平。如果你真的沒辦法不去愛一個不愛你的人，那是因為你還不懂得愛自己。

# 我們不一樣

男人娶了一個比他年輕十年的女人，兩個人有一個孩子。只是，十年後，這段婚姻淡而無味，男人常常在外面流連，半夜三更才回家。女人則早睡早起，兩個人的喜好和生活完全不一樣。

曾經有一次，我問他：「那你們當初為什麼會結婚呢？」

男人笑笑說：「我年紀比她大，我以為可以改變她。」

沒想到一個這麼聰明的男人也有極度愚蠢的時候。

我們怎麼可能改變另一個人呢？

他們今天仍然生活在一起，他沒法改變她，她也沒能力改變他。若可以重新選擇，他們大抵都不會選擇彼此。

當你發現此生與你長伴的人竟絕對不會是你來生的選擇，那是多麼傷感的事。

原來，我們今生長相廝守，只是一個誤會。

男人常常抱怨女人企圖改變他，男人何嘗不一樣？分別只是：女人會坦白告訴你，她想你這樣這樣。男人卻不會說出口，而是暗暗在那裡觀察妳，意圖用他的聰明才智改變妳。

一個人並非不會為另一個人改變，我們都曾經為所愛的人改變良多。可是，我們永不可能把個性全部改變過來。

一對男女之所以能夠成為佳偶，並不是因為他們完全一樣，而是他們能夠接納彼此的差異。

# 某種程度

許多東西，都只能去到某種程度。

財富只能累積到某種程度。當你有一千萬，要將之變成三千萬，或許不難。然而，當你擁有一千億，要將之變成三千億，便沒那麼容易。

經濟發展，只能發展到某種程度。

一個城市的發展，也只能發展到某種程度。

想要超越某種程度，除非是延伸到其他領域去。

錢賺得夠多了，你會追求自我實現。

榮譽贏得差不多了，你會思考人生其他價值。

大部分的東西都有期限。

而所謂無限，也只能到某種程度。

為一個人受苦，只能受苦到某種程度。然後，你會醒悟，不再蹉跎歲月。

思念一個人，只能思念到某種程度。當思念長久地落空，你早晚會絕望。

無論多麼愛一個人，也只能愛到某種程度。

我天天虐打你，你還會愛我嗎？

當戀人說：「我不知道我愛你有多深。」只是他還沒到達那種程度罷了。

兒女情長，只是某種程度，若不能一起延伸到其他領域去，是會退步的。

別人問：「妳相信有永遠的愛嗎？」如果是形體上的永遠相依，我不相信。

永遠，只能去到某種程度。相愛的時候，我們互相影響。縱使分手，這些影響會伴隨一輩子，也是一種永遠吧。

當你知道什麼都只能去到某種程度，你便不會太奢求。

永遠
只能去到某種程度

相愛的時候
我們互相影響

縱使分手
這些影響會伴隨一輩子
也是一種永遠吧

當你知道什麼都只能
去到某種程度
你便不會太奢求。

# 你愛哪一樣

曾經有人問我：

「妳喜歡痛苦還是快樂？」

當時，我說：「不是每個人也追求快樂的嗎？」

他說：「不是的。」

人有兩極，我們追尋快樂，也追尋痛苦，如同我們恐懼生活，也恐懼死亡。

人害怕被人拋棄，因此需要倚賴另一人，卻因此對獨立自主的生活和自我實現感到恐懼。

人也害怕在親密關係中被另一個人完全吞沒，失去了自我，無法再過獨立的生活。

快樂和痛苦都有它的吸引力。有時太快樂了，便會失去創造力。我們都有這種經驗：在一個長假期之後，原本應該精神煥發地再次投入工作。可是，我們卻會變得有點懶洋洋，彷彿仍在度假。

然而，人在最痛苦的時刻卻也有可能創作出最好的作品，了悟一些重要的道理。

人在焦慮之中，會不斷求變。

安逸的生活，或許會消磨壯志。

每一段愛情，也有痛苦和快樂，這才讓人回味。

每一個人生，也不可能盡得快樂。

# 情人不是LEGO

十幾歲的時候，第一次談戀愛，我們都是妒忌心很重的。只不過是一件很微小的事情，我們馬上妒忌得臉紅耳熱，被自己的妒忌心纏繞著。我們以為這是因為自己在熱戀，你可以這樣說，然而，當你長大之後，你才明白，除了熱戀之外，這是因為你太年輕，從未擁有過任何有思想的東西。

我們第一次談戀愛的時候，總是希望能像擁有一件玩具或一條小狗那樣，百分之百擁有一個人。你是我的，永遠屬於我。我們竟然笨得不了解，我們能夠永遠擁有一列模型火車，卻不能永遠擁有另一個軀體。人心是流動的，不是模型火車，你可以遙控它。

當我們談過幾次戀愛，當我們沒那麼年輕，我們才終於明白一個淺顯的道理。

你想得到一樣東西，便要首先放手。

情人不是你的Lego積木，可以讓你拿在手裡，砌出心中的理想模型，有時候，你只能let go。

愛便是學習去放手。

當你捨棄的時候，你便擁有。讓手上的小鳥飛走，牠也許會飛回來，也許永不。但是，把牠握在手裡，不讓牠走，牠會窒息。有機會溜走的話，牠永遠也不會飛回來。

肉體有邊界，人心卻是無邊界的。隔了數不清的年月之後，你終於了解，你所愛的，是無邊界的東西，你不能擁有，只能等他流向你。

# 和潛力戀愛

許多女人一輩子也是和男人的潛力戀愛。

她愛上的，是他的潛力。

她相信這個男人將來會有她所期望的成就，他也會變成她所渴望的那種人。

她和一種期待戀愛，直至她的期待落空了，她也失戀。

男人不是股票，即使男人是股票，也沒有一個人會笨得用自己的期望和幻想去買一支股票。女人這種動物，卻會用期望和幻想去愛一個男人。

潛力即是未發生、也有可能永遠不會發生的東西。

只迷戀現狀的女人，可能有點膚淺。只顧跟潛力戀愛的女人，又太脫離現實了。

男人愛女人的現狀。女人愛男人的現狀和潛力，這是無可厚非的。現狀和潛力各佔多少百分比，可是個智力問題。

百分之三十的現狀和百分之七十的潛力，未免太危險了。

一半一半，便有一半機會失望。
我會要百分之七十的現狀和百分之三十的潛力。
相信他有潛力，是相信他會和我一起進步。
愛現在的他，不管將來，那麼，我至少享受過他的現狀，而不是跟自己的期待戀愛。

# 他有一排牙齒

許多人都嘗過失戀的滋味，那段日子，像行屍走肉，最痛苦的，是沒法把他從腦海中抹走。醒著時、睡著時、走路時、洗澡時、吃飯時，每一刻都想著他。

忘也忘不了，卻又沒法見到他。

思念是夠苦的，耶穌幫不了你，聖母也幫不了你，唯一幫到你的，只有你自己。你沒法不去思念那個人，那麼，你惟有改變思念中的他。

改變的方法，就是不要以整體的美麗形象來思念他。每個人都是由不同的部分組成的，頭髮、皮膚、五官、牙齒、骨頭、骨髓、肌肉、筋腱、心、肝、脾、肺、腎、大腸、小腸、血汗、脂肪、唾沫、鼻水、小便、糞便……不要被他的外貌迷惑，不要被他的神態吸引，這一切都只是包裝而已，你不妨把他拆開來看。他不過是一排牙齒罷了，頂多也只是一排會走動的牙齒。你對一排牙齒有興趣嗎？

他不過是一堆頭髮，沒有血肉感情。他不過是一堆血肉，什麼也不是。

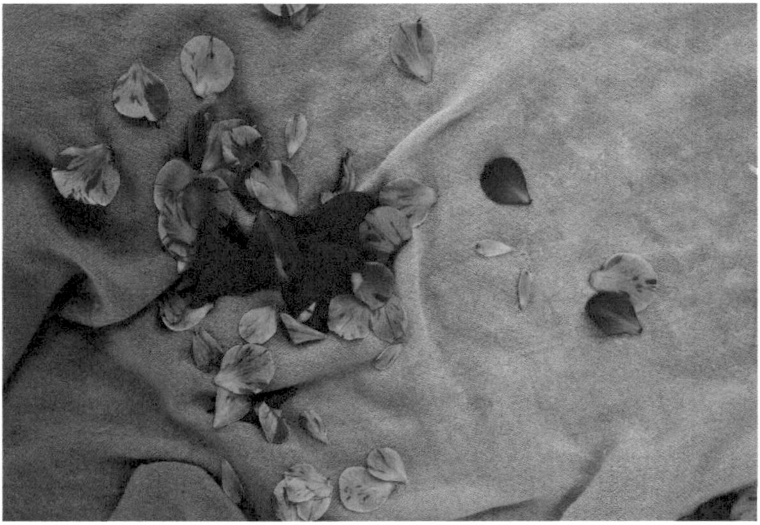

他不過是一層皮膚，沒什麼特別。他只是一團脂肪，毫不起眼。

他是兩條鼻水，你還想不想要？他是一堆小便和糞便。

只要把離棄你的人解剖，再獨立每一部分來看，你才發現，你所鍾愛的，原來只是外表和幻象。

他是一排牙齒，你現在是不是好過了一點？

# 愛情可以說服

假如有一個男人，各方面的條件都很好，但妳不愛他，那怎麼辦？

許多女人的答案是：那麼，我會說服自己愛上他。

把這個問題換過來問男人，如果一個女人的條件很好，但你不愛她，那怎麼辦？大部分男人會聳聳肩膀，說：「那我也沒辦法。」

女人是很厲害的，她可以說服自己去愛上一個人。「說服」和「勉強」是不一樣的。愛情不可以勉強，說的是那個男人的條件還不夠好。他不夠好，愛他便很吃力，我們也找不到理由逼自己去愛他。

然而，他的條件太好了，我只是現在對他沒有那種感覺，但誰敢保證將來不會有呢？女人的青春有限，把一個這麼好的男人拒諸門外，會不會太可惜呢？也許我會後悔的。於是，我告訴自己，或者我不應該這麼固執，我該去欣賞他的優點，然後說服自己去愛他。

勉強是痛苦的，說服，卻是一個過程、一個抉擇。女人會在愛情上作一個現實的抉擇。

勉強是沒幸福的，可是呢，說服自己去愛上一個本來不愛的人，卻有可能找到幸福。

男人是遠遠比女人浪漫的，他們從不說服自己去愛一個人。

他們只要夢想中的那個人，至少，是他當時以為的夢想。

# 愛上兩個腦袋和身體

有人問，同時愛著兩個男人，但只能跟其中一個人結婚，那怎麼辦？

那麼，就不要結婚好了。

不結婚的話，仍然可以愛著兩個人。結婚畢竟是一個共同生活的承諾，既然無法只愛他一個，那就不要跟他結婚。

當妳覺得自己的年紀已經夠大了，不結婚不行，那個時候，妳才去結束其中一段感情吧。戀愛的對象跟結婚的對象是不同的，妳心裡知道，有些男人是比較可以結婚的。

談戀愛的對象，可以不懂照顧妳。但是，跟妳結婚的那個男人，最好能夠照顧妳吧？

談戀愛的對象可以充滿激情。你們兩個，光是坐下來談自己的夢想也可以談一整天，然而，結婚的對象，也許沒有共同的夢想，卻是生活的伴侶。

一個腦袋也許能夠愛上幾個腦袋；一個身體，也可以愛上幾個身體；然而，同一個時空裡，只能夠有一段合法的婚姻。

那麼，結婚來幹什麼呢？

當妳甘心情願放棄其他一切，妳才去結婚吧；但是，千萬不要用結婚來逼自己放棄其他一切，那會使妳對婚姻的期望太大。

# 如果時間變換

有時候，我們會想，如果時間變換，或許，我會愛上這個人。

他出現的時間太早了，我不懂得欣賞他。若干年後，當我成熟了，當我的經歷多一點，或許，我會喜歡像他這一類人。

然而，許多年過去了，我們才知道，即使時間變換了，我還是沒法愛上這個人。從前不會，現在不會，將來也不會。

那個時候的想法，委實太天真了。自己不愛那個人，偏偏又安慰自己，也安慰他說：「只是時間不對罷了！」

這都是騙人的。

要是我愛你，時間也要為我改變。

當我們說時間不對的時候，是我愛這個人，而我身邊或他身邊卻已經有另一個人了。

時間變換了，我們早一點相識，一切便會不同。

歷史不可以改寫，那麼，將來有一天，他身邊的那個人，或我身邊的那個人消失了，換了光陰，換了地方，說不定我們可以廝守。

對時間感到遺憾，是因為我們相愛。

遇上自己不愛的人，而他偏偏那樣好，只是有點可惜而已，沒有什麼遺憾。

對不起，老實告訴你，時間變換，我還是不會愛上你。

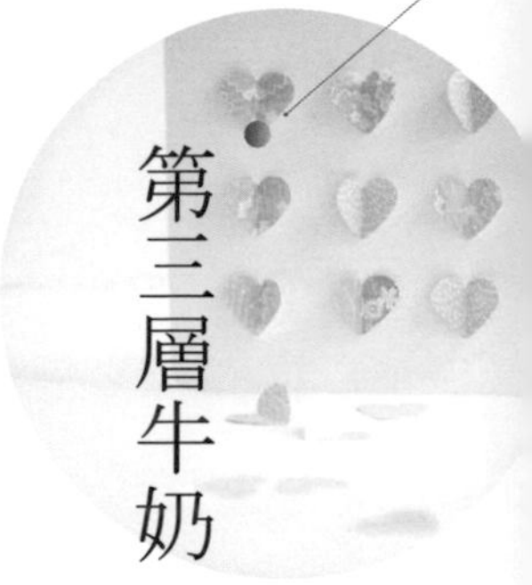

# 第三層牛奶

男人跟女人說：

「算了吧，我只是第三層的牛奶。」

我好奇，什麼是第三層的牛奶？

原來，第一次榨出來的牛奶是最濃郁的，是花奶。再榨出來的，拿去做乳酪。最後一次榨的，是最稀的，就是我們喝的鮮牛奶。

他自嘲是第三層的牛奶，因為他喜歡的那個女人把他放在第三位。第一位，是她的舊男友。第二位，是她的工作。第三位才輪到他。她對舊男友念念不忘，分手好幾年了，她仍然深信他是她遇過最好的男人，沒有任何人可以代替他，她也不會讓任何人進入她的內心深處。

為了把他永存在自己心裡，她把大部分的精力和時間都放在工作上。這樣的話，便不會有任何男人可以取代他。

她天真地相信，她要努力的闖出名氣，有一天，舊男友會在報紙上看到她的名字。那個時候，她也許已經貴為某集團的總裁了。

至於這位「第三層牛奶」，當她寂寞時，她會想起他。他很好，是個聊天和談心事的好對象。她很清楚他的心意，但他終究不是她想要的那個人。

誰不渴望成為花奶和得到花奶呢？

淪為第三層牛奶和只能得到第三層牛奶的人，同樣悲苦。

# 把「我愛你」拿走

一個女人對那個苦戀著她的男人說：

「如果你嘗試把你愛我的『想法』拿走，你便會發覺你並不是真的愛我。這只是你自己的偏見，這些偏見使你以為自己是愛我的。」

愛一個人，真的只是一種「想法」嗎？

對一個人的愛，是可以「拿走」的嗎？

也許，當你不愛一個人，你才能夠瀟灑地跟他說：「你只要拿走你愛我的想法，你便沒事了！」

如果我們可以隨心所欲地把自己對某人的愛拿走，那太幸福了。當你不愛我，我便把我愛你的感覺拿走。當你令我痛苦，我又把你拿走。當你離開我，我又立刻把對你的思念拿走。這樣的話，你永遠沒法傷害我。

當我們苦戀著一個人的時候，你以為我不希望那只是一個「想法」嗎？你以為我不想把對他的愛從心裡「拿走」嗎？拿得走的，便不是愛。

就是因為拿不走，所以才會受苦。

我對你的愛，不是一種想法，而是血肉感情，是不容易拿走的。一旦要拿走，也是血肉模糊的。要很久很久之後才可以復原。

你也可以說，我對你的愛只是一個偏見。偏見便是執著，是毫無理由，不分青紅皂白的。我就是喜歡你。你可以拿走我這個人，但你拿不走我對你的感情。

# 一個換一個

對於愛情，女人是比男人貪婪的。十多歲到二十歲的那段時光裡，女人的愛情哲學是：一個換一個。

她會霸佔著一個，然後再放眼世界。

手上有一個，那麼，過時過節也有著落，晚飯消夜也有著落。在她眼中，他不是完美的，然而，在她能力範圍之內，他已經是最好的了。萬一她運氣不好，這輩子也遇不到一個比他好的，那麼，起碼她有這一個，不至於孤獨終老。

這個男人，當然是她愛的。不愛的話，根本沒法跟他一起。可是，她預感跟他是沒有將來的。一生只愛一個男人，那樣的人生太單調乏味了。

只要手上有這一個，她便可以一個換一個。遇到比這個好的，立刻替換。若比不上他的，也不必放棄，仍然可以交往。但是，她會很清楚，這些男人還不足以用來換掉她手上那一個。

妳去超級市場買蘋果，貨架上只有幾個好的，妳會把那幾個放到自己

的籃子裡。當妳繞了幾個圈，看到職員開了一箱新的蘋果出來，妳會馬上換走自己籃子裡的那幾個。

年輕時，愛情是超級市場，男人是蘋果，妳想愈換愈好。當妳過了三十歲，妳已經換了很多個蘋果，愛情是規模小得多的便利商店，宗旨不再是一個換一個，而是不要失去手上的那一個。

# 除你之外的快樂

冷戰或者失戀，也許並不是一件很壞的事情。

一個人的早上，你可以做自己喜歡的事情，不需要另一個人同意。

以為是世界末日了，可是，海還是那麼漂亮，夕陽更是百看不厭。

兩個人一起太久了。

他的快樂，就是你的快樂。

忽然有一天，他消失了，你才品味到除他以外的快樂。

我們從來沒擁有任何人，也不被任何人擁有。不能夠忍受寂寞的人，永遠也無法享受一個人的時光。

除了你深深愛著的那個人之外，原來還有其他的快樂在等你。

多久沒有一個人去旅行了？

多久沒有找朋友和舊同學了？

多久沒有一個人看電影了？

心裡思念著他，沒可能放得下。然而，在放不下的同時，體味一下除他以外的快樂，或許可以幫你去遺忘。
曾經以為，除你以外的，都說不上快樂。
然後有一天，學著去欣賞除你以外的快樂。
那些快樂，雖然有所欠缺，也還是一種我從不認識的快樂。

# 反射的愛和恨

當你覺得對方對你有好感時，其實是你對他有好感。當你覺得對方討厭你時，其實是你討厭他。這種反射作用，常常會發生。

我們喜歡接近那些對我們有好感的人。我們為什麼認為對方對我們有好感，甚至喜歡我們呢？那是因為我們喜歡他。

初次見面的時候，我們跟某人一見如故。回家以後，我們在想：「這個人好像很喜歡我！」事實上，是我們春心蕩漾，喜歡了對方。

喜歡和愛，也是反射作用。

所以，愛上不愛自己的人，畢竟是比較少數的。

感受不到愛，卻仍然去付出愛，可以說是傻，也可以說是偉大。

當我們不喜歡某人的時候，我們會驕傲地說：「第一次見面時，已經不喜歡他！」也許，這只是一個自我保護的方法。

當感到對方不喜歡自己時，我們先下手為強。

對方不是跟我投契的類型，他更好像看不起我，那麼，我們會反過來說：「我根本看不起他，甚至有些討厭呢！」

我們常常不明白自己為什麼無緣無故喜歡或憎恨一個人。

也許，那並不是沒有原因的。

我們喜歡或憎恨對方，也是反射作用。

你看到什麼，你自己便是什麼。愛和恨，也作如是觀。

# 一個人的浪漫

愛情小說寫得多了，每次到外地工作，總會有媒體問我：「妳覺得什麼是浪漫？」

這個問題，的確難倒我。我是個想法浪漫，行動毫不浪漫的人。生命之中，也沒有什麼浪漫的回憶。我壓根兒不相信浪漫。

年少的時候，以為浪漫是一個情景，是我與心愛的人一起做一件事情。後來又以為，浪漫是一種感覺，是跟愛我的人一起的感覺，做什麼事並不重要。

今天，浪漫對我來說，是一個人的事。

浪漫不是一個場景，浪漫是一份深情的等待，無須對方應允。

加西亞．馬奎斯的《愛在瘟疫蔓延時》一書裡，阿里薩等了費爾米納五十三年零十一個日日夜夜，從年輕等到白頭，才能夠成眷屬。

米蘭．昆德拉的《生命中不能承受之輕》一書裡，托馬斯為了特麗莎，毅然從瑞士蘇黎世回去已給俄國佔領的捷克布拉格，從此由一名醫生變成抹窗工人，直至垂垂老矣，再提不起手術刀。為了所愛，他捨棄自由和榮譽。這兩個故事，是我心底永恆的浪漫，可惜，它們都不過是小說。

浪漫是一份高貴的情操，你會因為我的快樂而快樂，你會等我直到永遠，忘記了時間的流逝……當我告訴別人，這是我相信的浪漫，他們會說我天真；因此，我寧願說，我不相信浪漫，只有至愛明白。

# 4 不要思考愛情。

# 渺小的愛人

愛情使人偉大，也使人渺小。

偉大，因為你會為你愛的那個人犧牲和付出。你為他做的，超乎你想像。

渺小，因為愛情是排除異己的。你們兩個組成一個小世界。愛是兩個人互相告解的地方。我們在世俗裡尋求撫慰，脫離了外在的世界，不關心除他以外的人。

愛得死去活來，反而使自己變得渺小。

我們把期待統統放在一個人身上，我們以為愛情足以對抗人生所有的焦慮。我們希冀著把每一個快樂的片刻延長。我們無意開天闢地，只想保衛自己那片小小的疆土。

我們對一個人偉大，卻對其他人自私。

有人說：「他對我好就可以了，我不理會他怎樣對其他人。」

有人甚至幸福地說：「他對其他人不好，只對我好，證明他有多麼愛我！」

他能夠這樣對別人，有一天，難道不會這樣對你嗎？

他今天對你好，是對自己好。

我們愛一個人，是因為他像我。

我們認為對方最像自己，自己也像他。我們寵愛的是自己。

愛是把兩個人的自私變成偉大。這一種偉大，卻是多麼的渺小。

一天，當你明白了愛情的虛幻，當你對別人的痛苦有了同情，你才驚覺愛情曾經使你多麼狹隘。

美好的愛情不是讓我們變得自私，而是使我們變得善良和寬容。

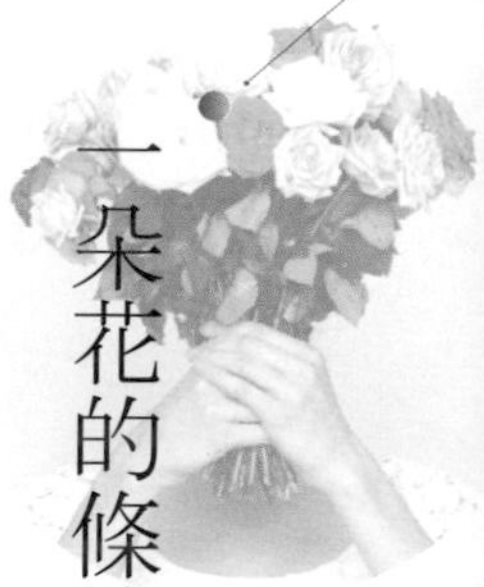

# 一朵花的條件

常常有人說，愛情像花一樣美麗，也有人說，愛情像花一樣，早晚會凋謝，甚至是朝開暮落。

說愛情像花，不過是個俗套的比喻。用這個比喻的時候，我們看到的只是一朵花，而不是一朵花形成的條件。

你知道一朵花是怎麼來的嗎？你不可能不知道，那是許多條件的配合：陽光、氣候、泥土、雨水、物質，也許還包括一隻偶然飛過的蝴蝶。有了這些條件，才會開出一朵花。

愛情也是由許多條件、現象和情境形成的。所謂緣起而聚，佛祖拈花微笑，也是一種因緣際會。

某年某天，我們相遇、相知、相愛，我們便是那朵花。

後來有一天，形成這朵花的條件一一消逝。緣盡而散，也是我們分開的時候。

物質永遠不會消散，花謝之後，配合另外的一些條件、另外的雨水、

陽光、泥土和另一隻偶爾飛過的蝴蝶，一朵新的花又開出了。只是，它的形態跟從前是不一樣的。

我們說沒有永恆，因為同一朵花不會重現。我們願意相信永恆，因為一朵花凋謝之後，會成為另一朵花的養分，生生不息。

所有的條件，沒有一次是相同的。每一朵花，也有個性。我們從一朵花看到故事，我們從一朵花了悟緣分。緣起緣滅，原不是我們可以掌控的，你只能學著拈花微笑。

# 我和你的地域

愛情與其說是兩個個體的交流，倒不如說是兩個地域的交流。

每個個體都有其歷史，我們成長的背景、家庭、讀過的書、受過的教育、愛過的人、經歷過的事、過去的傷痕、不可告人的秘密、成長過程的創傷、愛惡和志趣，形成了一片地域。

初遇的時候，這兩片地域並沒有深入的交流，我們會戰戰兢兢地互相試探，惟恐自己那片地域不被對方欣賞，而他那片地域也是我無法進入的。

被愛的時候，我們期待對方所愛的不只是我的外表、我的成就，這一切只是我的一部分，並且會隨著時日消逝。

我們期待他愛的是我那一片地域，它有我的脆弱和自卑，有我最無助和最羞恥的時刻，有我的恐懼，有我的陰暗面，有我的習慣，也有我的夢想。

愛上這片地域，才是愛上我。

我帶著一片地域來跟你相愛。接受我，便意味著接受我的地域。

愛一個人的時候，也同時意味著你願意了解這片地域。

愛情有時候難免誇大了兩個人的相似之處。然後有一天，我們才發現相似和差異同樣重要。

接受兩個人的相同點，當然毫無困難，我們甚至會說，這是我們互相吸引的原因。然而，接受彼此的差異，卻是驚濤駭浪，是兩個地域的合併。

# 身上的老小孩

每個人身上都有一部分是永遠不會長大的。

無論年紀多麼大了，那不肯長大的一部分，永遠停留在它原本的歲數，無視光陰的流逝。

你或許都認識一些人，他們都是大人了，做事很成熟，性格甚至有點計算、有點奸，可是，他們有一部分卻幼稚得讓人發笑。他怎麼可能既計算又幼稚呢？也許他根本看不見自己幼稚的那一面。

有些人常常扮演保護別人的角色。他很會照顧人、很聰明，朋友有什麼事都愛請教他。然而，有時候他卻會脆弱得像個孩子，也希望人家把他當作孩子。

有些人長到十四歲之後就沒有再長大了。不是不肯長大，而是沒機會長大。

當你一帆風順，你是不會長大的。

當你不肯思考，你也沒法長大。

長大有什麼好呢？除了自由之外，你失去了很多。

我們留著一部分，永不長大。在經歷過挫折、在智慧增長之後，那小小的一部分，依然很難得地留在我們身上。

當你開心的時候，它會跑出來。當你生氣的時候，它也會跑出來。當你傷心失意的時候，那不肯長大的一部分會出賣你那堅強和成熟的外表。

有時候，我們喜歡一個人，不單只是喜歡眼前的他，也喜歡他沒有長大的、美好的那部分。

那一部分，是個惹人憐愛的老小孩。

# 世間相對論

世間很多事情也是相對的：開始與結束、時間與永恆、複雜與簡單、快樂與痛苦、生命與死亡。

然而，我們往往在了解其中一樣時，才了解相對的另一樣。

沒有人希望快樂的事情要結束，然而，你有否回憶一下這種快樂是怎麼開始的？快樂來的時候，不是一個意外嗎？是你料想不到，甚至作夢也沒想過的。你沒想過自己會那麼幸福，而你唯一的過錯是以為快樂不會結束。當你了解開始，你也了解結束。結束就像開始，驟來也驟去。

當你了解永恆的虛渺，你也就了解時間。我們覺得過去的事情很美好，因為我們已經成為一個遠遠的回顧者。這種距離會把回憶美化，時間變得吊詭，恍如昨日。這也是一種永恆。

人們追求簡單的生活和簡單的感情，生活簡單的人卻憧憬一段不平凡的經歷。大部分女人都夢想擁有一段轟天動地的愛情。經歷過這種愛情的人，反而渴求簡單。

愛與恨並不是相對的。愛恨相生相滅，當你壓抑恨意，希望保持風度的時候，你會發覺，你也同時壓抑了愛意。

相對的，是喜歡和不喜歡。當你喜歡一個人，他什麼都是好的。當你不喜歡一個人，你看他一切都不順眼。

# 兔子與野獸

強壯和弱小，也許並不是對立的。有個愛情故事是這樣的：

一回，男人跟幾個流氓在街上爭執，那幾個流氓正要出手教訓他。這個時候，與他同行的女人，毅然站到男人面前，說：「要打便打我。」她長得很瘦小，還不到九十磅。她身後的男人，整整有一百四十磅，比她高出兩個頭。

但是，在那個時刻，她無所畏懼地擋在他前面。

那幾個流氓走了。男人本來不見得特別喜歡這個一直戀慕他才華的女人，可是，就在那一瞬間，他被感動了。

當然，我不會喜歡這種男人。

可是，愛情就是能夠令弱小的人變成強壯，又讓強壯的人變得弱小。

強與弱是內心的掙扎，並沒有矛盾，並且因為愛與被愛而和平共處。

有時我會弱小，因為我知道有個人愛我、疼我、願意保護我。有時我會強壯，因為我知道有個人需要我、支持我、鼓勵我，害怕我不會照顧自己。

有些時刻，我會弱小，不為什麼，就是不想強壯，就是有點自憐。

有些時刻，我會強壯，面對痛苦和挫折的能力，連我自己都驚歎。

每個人心裡都有一隻野獸，同時又有一隻兔子。有時是兔子走出來，有時是野獸。我們既希望自己強大，也希望自己一次又一次回到弱小的童年。沒有野獸，也就沒有兔子。

愛便是意味著同時接納自己和對方的兔子與野獸。

# 不要思考愛情

男人對女人說：「這陣子，我在想我們的愛情——」
女人微笑著說：「你真是幸福，我連想這些事情的時間也沒有。」
寂寞的人，會想得太多；結果，他們的愛情出了問題。
忙碌的人，想得太少，他們的愛情也出現了問題。
或者，愛情是無法去想的。
想得太多，變得理智，便失去了衝動。
想得太少，又會懷疑自己是否仍然愛著對方。
不想的時候，我們愛得最率真。
愛了再算，沒法繼續的話，傷心痛哭一場，又重新來過。
年輕的時候，我們都是這樣的。年紀大了一點，我們開始深思熟慮：
這個可以愛，這個不可以愛……
我們想得愈多，我們愈不相信愛情。
愛情，畢竟是需要一點任性的。

不為什麼而愛你，也不期盼會有將來。我們卻一起度過了年年月月，這一場賭博，我們贏了。

輸了的話，也許是因為，你和我該有更適合對方的人。

思考愛情，是哲學家和小說家的工作，凡人只管去愛。當愛的感覺消逝，也不是憑著思考便可以重新燃起火花的。

# 我對妳特別好

女人一生之中大概都聽過這一句話：

男人說：「我對妳特別好！」

他對妳比對別人溫柔體貼，他更願意任勞任怨，甘心做牛做馬。在妳面前，他也特別戰戰兢兢，特別有耐性，特別慷慨。

這不是應該的嗎？我愛你的時候，何嘗不是對你特別好？

當一人愛上另一人，他也許會短暫地失去自己，變成一個乖順的隨從。某某正在熱戀中，平日最討厭逛街的他，竟然天天陪著女朋友去逛街買東西，並且非常耐心地給她意見。他的朋友搖頭嘆息：「他已經不是他了！」

誰沒有試過不是自己的時候？除非你沒愛過。

你對我特別好，跟你對我說「你是我最愛的人。」並沒有太大分別。因為此刻最愛，所以我們竟然能夠發掘自己的另一面。原來我可以這樣溫柔，原來我也會如此患得患失。

若此生有幸遭遇吾愛，我會有另一個樣子。

男人告訴妳，他對妳特別好，既是微笑的嘆息，也是一種自嘲、一種驚奇。他在妳面前融化了，完全無力反抗。

問題是，他融化到什麼程度？

融化得太多，女人會覺得他沒性格。融化得太少，女人會埋怨他對她不夠好。像冰淇淋融化在熱騰騰的舒芙蕾裡面，才會特別的滋味，特別的悠長。

你又能為我融化多少？

是不是剛好感動我而又不至於讓我瞧不起的程度？

# 戀愛的光陰

戀愛的時候，光陰也會變得矛盾。

在所愛的人身邊，我們覺得自己年輕，卻又害怕年老。

戀愛時，每個人都會變得年輕，彷彿回到無憂無慮的童年時光。戀人之間，會有稚拙的表情、遊戲和對話。我們覺得自己好像從頭活一次，精力充沛，幸福卻又笨笨的。

我還有人愛，證明我多麼的年輕。我能愛一個人，也證明我依然年輕，擁有夢想和不顧一切的決心。

然而，戀愛的時候，我們卻又比以往更害怕年老。

當我年老，這份愛會隨著光陰流逝，會在生活裡流逝，在身邊流逝嗎？

當我年老，不再是今天這個樣子，我愛的人是否還會那樣愛我？

當我年老，激情消逝了，還剩下些什麼？

即使我愛的人對我始終如一，也不可以改變老去的事實。

老去的時候，死亡會將我們隔絕。所以，我既感覺年輕，也害怕年老。

我們會慢慢在彼此身上發現光陰行進的痕跡。我們之中，總有一個人要首先離去。

當我們太愛一個人，害怕失去他的時候，也許我們都曾渴望他變得年老，老十歲，老二十歲，那麼，他便是我的，插翼難飛。可是，我們只是想他變老，不是想他枯萎。

每個人的光陰也不一樣。時間是客觀的，光陰卻是一種感知。快樂的光陰是短促的，等待的光陰是漫長的。而戀愛的光陰，是往復不已的，一刻年輕，一刻年老。

時間是客觀的
光陰卻是一種感知

快樂的光陰是短促的
等待的光陰是漫長的

而戀愛的光陰
是往復不已的

一刻年輕
一刻年老。

# 愛的機遇

戀愛是一種機遇。

既然是機遇，便需要一個有備的心靈。

有些戀愛的確會在你毫無準備之下來臨，那只是說，你沒想過在某個時刻遇上某人，而不是說你沒有準備自己。

我們無法意欲去愛，但至少我們可以向機遇開放自己。當你開放的時候，你會察覺你原本拒絕的東西，你會讓某些新的人和新的事物進入你的生命。

然後，你也許會發現，你能夠愛一些你以為自己永不會愛的人。你無法勉強自己去愛某人，但你會因為察覺某個人的好處而改變了你對他的看法。

當你邀請愛情進入你的生活，它才有可能成為你生活的一部分，甚至是很美好和重要的一部分。

我們會裝備自己去應付考試和工作，為什麼愛情反而無須裝備呢？

當你的知識來源是八卦雜誌，那麼，你也會遇到同好者，那個時候，不要埋怨緣分不眷顧你。

當你因為沒人愛而自暴自棄，那麼，你大可以繼續自暴自棄，因為，稍微有條件的人都不會對你有興趣。

當你不求進步，你也會永遠停留在原本的位置，找不到你所謂的理想對象。

當戀愛還沒來臨，你已經要開始裝備自己，使自己有值得愛的條件和智慧。等到機遇來臨才去裝備，就等於在跟舊情人重聚的前一天才開始減肥，為時太晚了。

# 當妳不喜歡

曾經有一個人對我說：

「當妳不喜歡，我便是錯的。」

那一刻，無限的感動。

忘記了大家為什麼爭吵。同一個問題，糾纏了很久。他認為自己沒錯，我認為我受傷害了。最後，他舉手投降，說了那樣的一句話。

我沒辦法再生氣下去，並且說：

「好的，當我不喜歡，你便是錯的，以後都是這樣呀！」

他說：「我只是說這件事！」

我任性地說：「不，所有事情都是這樣。」

他惟有就範。

我並不相信他以後也會這樣，男人為了平息干戈，才會欣然就範。干戈過去之後，他又會堅持己見。唯一的分別，是我以後可以用他說過的這句話提醒他。

甜言蜜語，我們一生裡聽得太多了，麻木了。你以為我們會深信不疑，情深一往嗎？不是的，我們只是把搜集得來的甜言蜜語留待吵架時用。一些男人會說：「我哪有這樣說過？」另一些男人說：「是嗎？好的，是我不好，不吵了。」

甜言蜜語，都是盲目的。要有徹底的盲目，才會有徹底的幸福。

# 我不擁有任何人

沒有任何人是屬於任何人的。

你可以一廂情願地認為自己是屬於某人的。

你為他奉獻你的一切，無論他怎樣對你，你也會死抱著他的腿不放，流著淚說：「你不要趕我走！」

然而，你卻不可以一廂情願地認為別人屬於你。

他為什麼要屬於你呢？

你的情人，甚至是丈夫或太太，都不是屬於你的。

無論你們的關係多麼深，他仍然是一個獨立的個體。

有朋友最近失戀了。他很不甘心的說：

「她本來是屬於我的！」

一個大男人說這樣的話，未免太可笑也太天真了。

男女之間最深的聯繫是愛而不是擁有。

我不擁有任何人，也沒有任何人擁有我。

當然，這一切說來容易，要做得到卻不容易。
日子久了，我們便認為對方是屬於自己的。
明知道這種想法是不對的，可是我無能為力。
要很久很久之後，我們才能夠接受我們所愛的那個人是不屬於我們的。他有權追尋自己的快樂，他有權選擇自己的生活，他也有權擁抱自己的秘密。他更有權不愛我。

# 往事，是沒得介意的

對於情人的過去，聰明的妳，還是不要問得太詳細。妳可以知道他們怎樣認識和分手，然而，千萬不要追問他們相處的情景。

妳知道來幹什麼呢？知道情人的情史，是為了更了解他。可是，妳並沒有必要了解他的舊情人。好奇，也要留有餘地，留一點空間給對方和自己。

逼他說出某年某天的一個情景，譬如說，他曾經和她在沙灘上睡了一晚、他在某家餐廳裡送過什麼禮物給她……他說得那樣坦白，而妳又知道得那麼清楚，妳便會把那一幕幕情景在心中重演，沒法磨滅。愈是重演，愈是妒忌；然後，妳開始懷疑他愛她更多一點。

關於床上的情景，尤其不可以問。知道之後，每當妳和他親熱，妳腦海裡也會浮現他和另一個女人親熱的那一幕。然後，妳會忍不住探聽：

「你和她也是這樣的吧？」

誰沒有過去呢？

前塵往事，是沒得介意的。知道了，便身不由己，要不介意也不容易。不知道，那就無從介意了。過了二十五歲，不要再做這種傻事；因為，到了這個年紀，妳也有了許多不想說出來的過去。

# 不要代替任何人

女人傷心地說：「我和他一起許多年了，可是，我知道他心裡仍然懷念著逝去的妻子。我是沒法代替她的。」

那就不要代替她好了。

不要渴望自己可以代替別人。當自己沒法代替另一個人的時候，也不要因此而悲傷。妳是妳自己，妳用不著代替任何人。

也許，在這個男人的回憶裡，妳還沒有勝過他逝去的妻子；然而，妳勝過她的，是妳活著，而她卻不可能復生。

是誰陪著這個男人度過以後的每一天呢？是誰在他沮喪時給他安慰，又是誰分享他的成功和快樂呢？是妳。

當我們發覺自己沒法代替另一個女人時，我們難免感到沮喪。然而，當我們發覺自己不需要代替任何一個女人，我們便會豁然開朗。

想代替另一個人，這是多麼傻的想法！

要代替別人，是吃力的。要做自己，容易許多。他愛妳，因為妳是妳，不是因為妳是他亡妻。

妳死了，他同樣會懷念妳。妳還活著，所以妳會懷疑。

有什麼比活著更幸福呢？

每一個人和每一段愛，也是獨特的。對他來說，妳也是獨特的，沒有人可以代替。回憶有時是可以並列的，並不一定要有輕重。

# 送我一枚戒指

十幾歲的時候，很渴望收到自己喜歡的男人所送的戒指。戒指是所有飾物之中最有象徵意義的。一枚戒指，代表了我在他心中的地位。可是，那個時候，我從來沒有收過男人送的戒指。

後來，糊裡糊塗地喜歡一個人。從一開始就知道會分手，然而，我一直渴望分手時他會送我一枚戒指，讓我永遠留住這段記憶；可惜他沒有那麼慷慨。

短暫地愛過的幾個人，也從來沒有送我戒指。男人大概是不肯輕易送戒指給女人的吧？他們會送一個手錶或者一條手鍊，卻聰明地避開一枚戒指。戒指在一段關係之中太沉重了，它代表一個諾言。

那個時候，也並不是我想要一個天長地久的承諾，只是覺得男人送戒指給女人，是對她的禮讚，是很浪漫的。收了他的戒指，並不代表我會嫁給他。我所嚮往的，也許是收到戒指那一刻的幸福；還有就是分手時可以狠狠地把戒指擲回給他的瀟灑。

當我長大了很多之後，我開始收到男人所送的戒指。喜悅過去之後，原來會是害怕。一枚戒指，套住的不是一個人，而是兩個。我們為一個承諾感動，卻也害怕承擔一個沉重的盟約。

求你不要再送我戒指了。它在一個少女和一個女人心中的意義，是不一樣的。

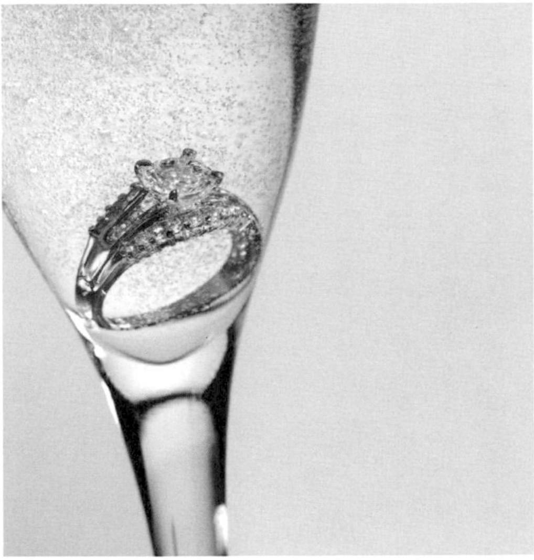

# 留個紀念的情話

有些情話，我們不一定相信，但是，我們希望在自己一生之中能夠聽過，留個紀念。譬如：

「嫁給我吧！」

「讓我照顧妳吧！」

「我從來沒有這麼愛一個人。」

「妳是我最後一個女人。」

「沒有妳，我不知道怎麼辦。」

「我從來沒有對人這麼好。」

「妳最了解我。」

「我一生也會保護妳。」

「妳是最漂亮的。」

「我喜歡抱著妳。」

「我要令妳幸福。」

「妳老了，我仍然會這麼愛妳。」

「我永遠不會放棄妳。」

「我不會讓妳離開我。」

「我願意為妳做任何事，只要妳快樂。」

這些情話，是真的也好，是假的也好；是甜言蜜語也好，是過眼雲煙也好，都不重要。

每個女人也有一本愛情紀念冊，紀念冊上連一句這樣的情話也沒有，太可憐了。

去騙，也要騙一句回來做個紀念。

# 美麗的答案

女人一生都會不停問男人的一個問題，不是：「你愛我嗎？」而是：「我美麗嗎？」

美麗或並不美麗的女人，都會迫著男人回答。

美麗的女人想確定自己仍然美麗；並不美麗的女人，想相信自己也是美麗的。

當女人年輕的時候，男人可以不假思索地回答：「妳當然美麗。」

當她眼睛附近有了第一條皺紋，男人可以說：「妳仍然像從前那麼美麗。」這一刻，女人會追問：「是從前比較美麗，還是現在美麗？」

男人應該說：「現在最美麗。」

每一個女人，在四十歲之前，都相信自己這一刻比從前任何時候都要美麗，因為她比從前會化妝、會打扮，也比從前有智慧。

當女人臉上無可奈何地有了歲月的痕跡，男人便得步步為營了，譬如說：「妳在我心裡永遠美麗。」

說：「妳現在還計較這些嗎？」是最糟糕的答案。

當女人的自信開始動搖，發覺自己對抗不了光陰的時候，男人應該能夠體貼地回答：

「妳任何時候也美麗，妳的美麗是我最喜歡的一種美麗。」

女人在感動得熱淚盈眶的時候，會接著問：「那我什麼時候最美麗？」

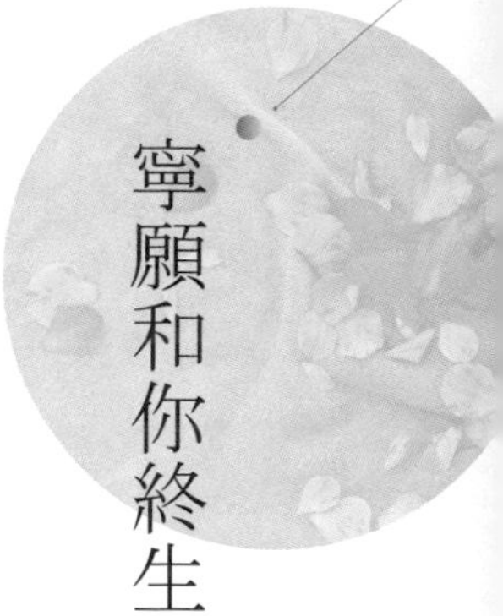

# 寧願和你終生廝守

從前以為兩個人要共度一輩子是不容易的；可是，現在愈來愈覺得，兩個人要共度一輩子，並不困難。

是「共度」，而不是「相愛」一輩子，有什麼難呢？

只要你不要有太多要求和期望，只要沒有第三者的出現，我們準可以跟另一個人廝守終生。

不要問自己：「我是不是餘生也只能跟這個人在一起？」也不要問自己：「三十年後，我還會愛他嗎？」這樣的話，你會安安分分的和一個人地老天荒。

我們離開一段長久的感情，是因為我們有太多要求，也因為我們以為自己厭倦了。

兩個人要天長地久，其實也不需要很多條件。

大家的興趣不用完全相同，性格也不用一樣。

只需要有一點點的相似，又有深厚的感情，我們已經可以度過年年月月。

我們需要的是一個伴兒。
當愛情不再那麼濃烈，我們仍然會依戀。
因為習慣了，也因為害怕。
害怕分開之後的孤單。
害怕做一個負情負義的人。
於是，寧願和你終生廝守，希望你也是如此。

# 相愛的伏筆

有人說，時間不是直線的，而是彎曲重疊的。

有時候想想，這也不是沒有可能的。

人生許多的相遇，在在印證了時間的詭秘。

你想起一個人的時候，他剛好想起你。

你這陣子常常想起一個很久沒見的朋友，今天，你竟然在別人口中聽到他，或者是在路上迎面碰到他。

這些還不算詭秘，最難以解釋的，是男女之間的相遇。

你愛的那個人，在邂逅之前，曾經以其他形式悄悄在你生命中出現嗎？他曾否跟你擦肩而過？

某天，你從朋友那裡聽到一個名字，甚至驚鴻一瞥，當時沒有放在心裡。許多許多年後，你愛上的竟然便是這個人。當時怎麼會想到呢？

原來，他早已經在你的時間裡安然等待，無所謂過去或現在。一天，在重重疊疊的時光裡，你們終於不再只是陌路人。

從前是伏筆，今天是高潮，這是一齣無法不上演的戲。

夜裡，當你靜靜地回顧這一場相遇，你愈發相信一切不是偶然。你流過他的生命，他也流過你的生命。當你或他第一次風聞對方的時候，一切已然注定。

# 永遠愛一個人

假如有人對你說：「我永遠愛你。」你是否會相信呢？

我想不到有什麼理由要不相信。

無論將來變成怎樣，那一刻，我們會願意相信這個承諾。

是否相信有永遠的愛，那又是另一回事。

有人問：「那你是否相信有永遠的愛？」

我相信的。然而，永遠的愛，也是會變的。

你也許永遠愛一個人，或永遠被一個人所愛。但是，愛的成分會在年月中改變。

愛不是只有一種。當你成長，當你經歷愈來愈多的事情，你對愛的體會也會不一樣了。

從前所相信的永遠，是永遠熾熱地愛一個人。後來的永遠，也許是從熾熱走到平淡。因為平淡，才可以長久。然後，所謂永遠，有一天又會變成互相依存。

我們曾經堅持把愛和喜歡分開。愛是比喜歡美麗許多的。一天，我們開始相信，不必把喜歡和愛分開。

喜歡也是一種愛。

正如，永遠的依存，也是永遠的愛。

我希望我能夠相信有一個人永遠愛我。

國家圖書館出版品預行編目資料

最幸福的一種壞：張小嫻散文精選 / 張小嫻作.--初版.--臺北市：皇冠. 2013.01 面；公分
（皇冠叢書；第4259種）(張小嫻愛情王國；3)

ISBN 978-957-33-2962-6（平裝）

855 101025365

皇冠叢書第4259種
張小嫻愛情王國 3
最幸福的一種壞
張小嫻散文精選

作　　者—張小嫻
發 行 人—平雲
出版發行—皇冠文化出版有限公司
台北市敦化北路120巷50號
電話◎02-27168888
郵撥帳號◎15261516號
皇冠出版社(香港)有限公司
香港上環文咸東街50號寶恒商業中心
23樓2301-3室
電話◎2529-1778　傳真◎2527-0904
責任主編—盧春旭
責任編輯—江致潔
美術設計—王瓊瑤
初版一刷日期—2013年1月

法律顧問—王惠光律師

讀者服務傳真專線◎02-27150507
電腦編號◎537003
ISBN◎978-957-33-2962-6
Printed in Taiwan
本書定價◎新台幣260元/港幣87元